Nº 54.
10 Centimes
la livraison.

2 *Livraisons à* 10 *Cent. par Semaine.*

Nº 1.
60 Cent. la Série
de 6 livraisons.

COLLECTION DES

ROMANS POUR TOUS

SERA COMPLET EN 6 LIVRAISONS A 10 CENTIMES.

PARIS
DEGORCE-CADOT, ÉDITEUR, 70 *bis*, RUE BONAPARTE

LE DÉMON DE L'ALCOVE

PAR

HENRY DE KOCK

A MONSIEUR

ALEXANDRE CADOT

Le romancier n'a rien à faire ici; c'est l'homme qui est heureux de vous dédier ce livre, en témoignage de sa sincère amitié.

HENRY DE KOCK.

I

Un soir de l'hiver dernier, me trouvant, avec Théodore Spindler, à l'orchestre du théâtre de la Gaîté, je vis, — comme la toile tombait sur le second acte du drame, — entrer dans une avant-scène du rez-de-chaussée, — demeurée vide jusque-là, — deux personnes dont la tournure et la physionomie attirèrent mon attention.

Ces deux personnes étaient un homme et une femme. L'homme pouvait avoir de vingt-huit à trente ans. Il était de taille moyenne; plutôt bien que mal; mais, ce qui me frappa tout de suite en lui, ce fut la pâleur maladive répandue sur ses traits. Pour me servir d'une expression populaire qui rend on ne peut mieux ma pensée, cet homme avait la mort *peinte sur le visage*. Par une opposition bizarre, la femme qui l'accompagnait était aussi fraîche, aussi rose, aussi radieuse dans le bien-être d'une santé luxuriante qu'il était, lui, pâle, blême, et qu'il semblait fatigué de souffrir. En considérant, rapprochés, ces deux êtres si différents l'un de l'autre, et pour peu surtout qu'on fût doué de quelque penchant aux idées fantastiques, on ne pouvait s'empêcher de songer à ces légendes indiennes, où, sous des enveloppes ravissantes, on vous montre d'infâmes créatures, appelées *goules* ou *gholes*, puisant dans les veines de leurs malheureux amants un sang précieux, à l'aide duquel ces maudites conservent une éternelle jeunesse. Et ce qui vous poussait plus avant encore dans le champ des conjectures étranges, en face de ce jeune homme et de cette jeune femme, c'était le sourire triste et brisé de l'un, et l'air de béatitude intime, presque d'orgueil, de l'autre. Lorsque, dans un sourire, l'homme disait évidemment, lui, à ceux qui le contemplaient: « Je n'en ai plus pour longtemps à vivre, hélas! Je le sais bien, et vous avez raison de me plaindre! » la femme, au contraire, elle, semblait dire à tous dans l'épanouissement de sa joie sauvage et impie: « Eh bien! vous le voyez, n'est-ce-pas, il va mourir avant peu!... Et sa mort est mon ouvrage!... Mon Dieu! oui, voilà comme je tue les gens, moi! »

C'était la première fois que je rencontrais ce couple si singulièrement appareillé, et, comprenant d'instinct que j'étais en présence des héros de quelque drame mystérieux, — terrible, peut-être, — j'éprouvai aussitôt un ardent désir de me renseigner. Spindler était le seul, je crois, à l'orchestre, qui ne se fût pas aperçu de l'arrivée dans leur loge des deux personnages que je viens de dépeindre, — plongé qu'il était dans la lecture d'un journal; — je me penchai vers lui:

« Regardez donc, je vous prie, dans l'avant-scène à notre droite, lui dis-je; connaissez-vous cet homme et cette femme.

Spindler leva la tête et tourna son regard dans la direction indiquée. Aussitôt il lui échappa un mouvement, qui avait quelque chose de l'effroi et du dégoût tout à la fois.

« Elle! murmura-t-il; encore elle! »

En même temps il quittait sa place et gagnait précipitamment les degrés conduisant à la porte de l'orchestre.

De là, tout en ouvrant cette porte, d'un geste presque impérieux il m'invitait à le suivre.

Fort intrigué de l'effet foudroyant produit sur Spindler par la vue des gens de l'avant-scène, je n'hésitai pas, on le comprend, à me rendre à son appel.

Il était déjà à vingt pas en avant, dans le corridor, quand je le rejoignis.

« Ah çà! m'écriai-je en riant, quelle mouche vous a piqué, mon cher Théodore, où allons-nous ainsi?

— Où nous allons?... Dehors, parbleu!... et pour ne pas rentrer...—moi, du moins,— dans cet affreux théâtre.

— Affreux!... pourquoi affreux? Est-ce à cause de ses pièces ou de ses spectateurs?

— A cause de ses spectateurs.

— Bah!... Alors cet homme et cette femme que je vous ai montrés...

— Cet homme et cette femme sont pour moi des objets d'épouvante, et d'une épouvante telle, vous le voyez, que je fuis, sans regarder derrière moi, les lieux où je les ai aperçus. Oh! demeurer toute une soirée près de ce lâche et de cette... misérable!... Non! non, cela serait au-dessus de mes forces! Après cela, mon ami, vous qui n'avez certainement pas les mêmes motifs que moi de déserter un théâtre où vous vous amusiez, vous savez que, si vous voulez me dire adieu maintenant, je ne vous retiens pas...

— Adieu? Merci. Je ne tiens nullement à rentrer sans vous à la Gaîté. Et puis, franchement, cette épouvante qui s'est emparée de vous à l'aspect des gens de l'avant-scène me semble un fait si extraordinaire...

— Que vous m'en demanderiez volontiers l'explication, n'est-ce pas?

— Dame, si ce n'était pas se montrer trop indiscret? »

Spindler ferma les yeux, en réfléchissant une seconde, comme quelqu'un qui se consulte sur l'opportunité d'une requête qu'on lui adresse, puis, ayant regardé à sa montre:

« Neuf heures et demie, dit-il. Ma femme est en soirée avec son père; elle ne rentrera pas avant deux heures du matin; nous avons donc du temps à nous.

« Voyons! vous avez raison, mon ami, je vous dois un dédommagement du plaisir dont je vous ai privé...

« Ce dédommagement, je vais vous le donner en vous contant une histoire qui, j'en ai la conviction, vous plaira pour le moins autant que le mélodrame que vous écoutiez tout à l'heure à mes côtés.

— Et cette histoire est celle de... »

Spindler mit un doigt sur sa bouche.

« Chut! fit-il, permettez-moi, à l'exemple des conteurs habiles, de ménager mes effets. Vous venez, sans vous en douter, d'assister à l'épilogue du récit que j'ai à dérouler devant vous; pour ne pas nuire à l'intérêt de ce récit, veuillez donc à présent me laisser le commencer, suivant les règles oratoires les plus habituelles, par le commencement. »

. . . .

J'étais chez Spindler, assis, les pieds sur les chenets, dans un large fauteuil, — qui ne me donnait certes pas à regretter ma stalle rembourrée de copeaux à l'orchestre du théâtre de la Gaîté.

J'avais à ma disposition, sur la cheminée, un choix de cigares de la Havane.

Derrière moi, sur une table, du thé et du rhum à discrétion.

« Y sommes-nous? fit mon hôte.

— Nous y sommes, » répliquai-je.

II

« Ce fut, vous vous le rappelez, je pense, mon ami, dit Spindler, au printemps de l'année 185.., — c'est-à-dire, il y aura trois ans bientôt, — que je perdis mon père.

« J'aimais passionnément mon père; sa mort me laissait seul au monde; — je n'étais pas encore marié en 185.., et ma mère n'existait plus déjà; — deux mois après cet événement, afin, non pas d'oublier, — on n'oublie pas ceux qu'on a réellement aimés, — mais de donner quelques allégements à ma tristesse, je résolus de quitter Paris et de voyager. Je ne connaissais pas l'Italie; je me mis en route pour l'Italie; mais, à peine débarqué sur cette *terre classique des arts*, — style académique, — je ne sais quel malaise s'empara de moi; quoi qu'il en soit, incapable, je le sentais, de lutter contre cette sorte de nostalgie, je courus au port; un paquebot chauffait, prêt à retourner en France; je me hâtai de prendre une place sur ce bâtiment. Le lendemain matin je me retrouvais à Marseille, que j'avais quittée la veille; à midi, je roulais en wagon sur le chemin de Paris.

« Assurément, voici une relation de voyage en Italie qui n'aurait rien de déplacé dans la bouche d'un fou, n'est-il pas vrai? Aller à Naples pour y rester environ douze heures, au fond d'une chambre d'hôtel, et repartir immédiatement comme si l'on avait toute la police du royaume à ses trousses, c'est là une de ces excentricités qu'on pardonnerait tout au plus à un Anglais hypocondriaque. Et ce qu'il y a de plus curieux dans mon fait, c'est que la pensée de me retrouver bientôt à Paris, vers lequel *l'express* m'emportait à toute vapeur, ne m'était rien moins qu'agréable. J'avais quitté Naples pour échapper à l'ennui que je m'étais imaginé y respirer avant même d'y avoir respiré; mais cet ennui ne m'attendait-il pas plus profond, plus pénible encore à Paris? Que ferais-je à Paris? Y travailler! Mais c'était justement parce que, de longtemps, j'avais compris que je ne pouvais toucher un pinceau, que j'avais abandonné mon atelier. Y demander des distractions à la société de mes amis? Mais c'était parce que j'avais deviné que mes amis ne m'aimaient pas assez pour sacrifier leurs affaires et leurs plaisirs au soin de me consoler, que, plutôt que de leur imposer une tâche où ils eussent échoué, je leur avais dit adieu!

III

« A mesure que la distance qui me séparait de la capitale s'amoindrissait, — dévorée, kilomètre à kilomètre, par le convoi, — ma perplexité, à l'idée de rentrer à Paris, s'augmentait.

« Je l'avoue; j'en étais arrivé au regret de m'être trop hâté de quitter Naples. Je le confesse, le convoi, tournant tout à coup sur ses rails, eût repris la direction de Marseille, que, pour ma part, je n'eusse point élevé la moindre réclamation.

« Mais les convois sont une réunion de machines raisonnables chargées de transporter des personnes sensées. Il n'y avait donc point apparence que mon vœu, quelque peu fantasque, eût chance d'être exaucé.

« Je n'étais plus qu'à quelques lieues de Lyon, où, comme vous ne l'ignorez pas, on s'arrête près d'une heure pour dîner et changer de train. Fatigué de rêver à ce que j'allais faire, ou plutôt ne pas faire à Paris, je m'étais mis à la portière de mon wagon, et je contemplais le pays. Voulant connaître le nom d'un village perché, comme un nid d'aigle, au sommet d'une côte abrupte, je pris mon portefeuille, qui contenait un itinéraire assez exact. En fouillant dans mes papiers, je fis tomber une lettre. Quelle était cette lettre? Ma mémoire demeurait muette à ce sujet. Elle était décachetée, cependant. Je l'avais lue. Mais que disait-elle? J'eus besoin, pour me le rappeler, de recourir à sa signature.

« Cette lettre m'avait été adressée de Provins, à Paris, peu après la mort de mon père : elle était conçue en ces termes :

« Monsieur,

« Vous ne vous souvenez sans doute pas de moi, car vous n'étiez guère qu'un enfant, il y a quinze ans, lorsque j'avais le plaisir de vous rencontrer de temps à autre chez votre respectable père; mais j'ose espérer pourtant que vous ne m'en voudrez point, au moment où un cruel malheur vous accable, de vous dire la part sérieuse et sincère que je prends à votre affliction. J'ai appris ce malheur par les journaux, et, je vous le répète, mon chagrin a été immense, car j'avais eu l'honneur autrefois d'être très-intimement lié avec M. Ludovic Spindler, et, depuis que je vivais retiré dans ma petite ville, ce digne et excellent ami daignait encore me prouver, par une correspondance affectueuse, qu'il continuait de s'intéresser à ma bonne fortune comme je m'intéressais à la sienne.

« Vous avez dû verser bien des larmes, monsieur, et vous en verserez beaucoup encore; la mort d'un père est une de ces douleurs que le temps ne saurait jamais complétement apaiser. Permettez-moi, en vous souhaitant du courage, de vous tendre une main qui serra souvent celle qui vous fut chère; et que, si, par hasard, un de ces jours, vous aviez quelques moments à perdre, veuillez vous rappeler qu'il existe à vingt-cinq lieues de Paris, dans une petite ville bien modeste, mais que le soleil se plaît à caresser, une maison qui vous est ouverte... une maison où vous trouverez toute une famille enchantée de reporter sur vous l'estime et l'amitié qu'elle avait vouées à votre regretté père.

« Recevez, etc.

« ÉTIENNE AUCLERC,

« Propriétaire à Provins, rue des Comtes de Champagne, n° 7; ville basse (Seine-et-Marne). »

IV

« Pourquoi, après avoir relu cette lettre, une exclamation joyeuse s'échappa-t-elle de mes lèvres? Je vais vous le dire. Je suis un peu superstitieux de ma nature... Je crois aux pressentiments, aux inspirations. C'est un ridicule, sans doute, mais je suis bâti de la sorte, et je ne me changerai pas, d'autant plus que je n'ai jamais eu à me repentir d'avoir obéi à mes tendances fatalistes. Dans cette lettre, si inopinément tombée sous mes yeux, j'avais vu, toute tracée pour moi, une ligne de conduite à suivre. De là mon élan de satisfaction. Je n'avais pas pu rester en Italie; il me répugnait de retourner à Paris. Eh bien! j'allais me rendre à Provins chez l'ancien ami de mon père, M. Étienne Auclerc! Et à la grâce de Dieu!... C'était une partie à jouer! Peut-être me trouverais-je si bien dans cette maison inconnue qui m'était ouverte, que j'y resterais un mois ou deux. Peut-être, au contraire, m'y déplairais-je si fort tout de suite, que je n'y demeurerais pas une journée. En tout cas, j'avais un but maintenant, et ce but, qui m'était offert par le hasard, je ne m'en fusse pas écarté pour la proposition la plus séduisante.

« Le convoi s'arrêtait; j'étais à Lyon; je courus au buffet, et je dînai du meilleur appétit. Au signal du départ, je remontai en voiture; où je dormis paisiblement jusqu'au jour. A cinq heures du matin j'étais à Melun. De Melun à Provins on compte douze lieues. Un véhicule, mi-diligence, mi-coucou, se chargea, moyennant la somme de quatre francs soixante, de me faire franchir cette distance. A neuf heures, je descendis à l'auberge du *Cheval-Blanc*, à Provins.

« Provins est situé au pied d'une colline élevée, et se divise en haute et basse ville. La haute ville, peu habitée, est couverte des ruines d'un château-fort qui, en 1122, servit d'asile à Abélard, persécuté alors pour ses opinions religieuses. A son extrémité sud-ouest s'élève un ancien édifice, d'environ quarante-cinq mètres de haut, nommé la *Grosse-Tour* ou *Tour de César*, — parce qu'on en attribue vulgairement l'érection à César. — La ville basse, bâtie dans une prairie qu'arrosent le Durtein et la Voulzie... — la Voulzie que chanta Hégésippe Moreau :

S'il est un nom bien doux fait pour la poésie,
Oh ! dites, n'est-ce pas le nom de la Voulzie ?
La Voulzie, est-ce un fleuve aux grandes îles ? Non.
Mais, avec un murmure aussi doux que son nom,
Un tout petit ruisseau coulant visible à peine ;
Un géant altéré le boirait d'une haleine ;
Le nain vert d'Obéron, jouant au bord des flots,
Sauterait par-dessus sans mouiller ses grelots.

« La ville basse a aussi ses murailles délabrées, ses fossés et ses allées d'arbres séculaires qui forment de charmantes promenades. L'aspect de Provins me convint. Sa situation pittoresque auprès de ces deux filets d'eau, — que les habitants du pays s'obstinent à traiter de rivières, — ces ruines qui le dominent, ces bois qui l'ombragent, tout cela me plut comme ensemble. Il s'agissait, à présent, d'expérimenter si l'accueil qui m'était réservé dans la ville me serait aussi sympathique que sa physionomie.

« Je m'informai, près d'un gamin qui jouait aux billes, à la porte de l'auberge du *Cheval-Blanc*, de la rue des *Comtes de Champagne*, — une rue quelque peu pompeusement intitulée, par parenthèse. Mais, tout le monde sait que Provins fut jadis la capitale des États des comtes de Champagne, sous la domination desquels elle avait pris un développement considérable. En y réfléchissant, on trouve donc que c'est bien le moins qu'une ville reconnaissante ait donné, à une de ses rues, le nom de ses anciens maîtres, en souvenir de leur gloire et de leurs bienfaits.

« Le gamin à qui je m'étais adressé était poli, un indice certain de l'urbanité des habitants de la ville. — Je ne plaisante pas ; là où les enfants ôtent leur casquette, les hommes retirent leur chapeau.

« — La rue des Comtes de Champagne, monsieur, me dit-il, la seconde à droite et la première à gauche. Voulez-vous que je vous y conduise, monsieur ?

« — C'est inutile, mon ami; seulement, dites-moi encore : connaissez-vous un monsieur Etienne Auclerc, dans cette rue ?

« — Si je connais M. Auclerc ! Oh ! oui, monsieur ! C'est mon oncle qui est son jardinier ! Et je connais aussi sa dame et sa demoiselle !... Mam'zelle Louise !... une bien jolie demoiselle !... Au temps des mûres, je vas lui en chercher dans les bois... car elle les aime tout plein, les mûres, mam'zelle Louise !... Et chaque fois que je lui en apporte, elle me donne une pièce de dix sous pour ma peine !

« — Bon ! Eh bien ! voici dix sous pour vous remercier de vos renseignements.

« Le gamin avait bondi de plaisir en recevant la petite pièce blanche, et moi, très-satisfait de ce que j'avais appris, je m'en allai, d'un pied alerte, du côté désigné. Ah ! M. Auclerc avait une fille qui se nommait Louise et qui était *bien jolie !* Hum !... bien jolie, pour un enfant peut-être. Après cela, pourquoi cet enfant n'aurait-il pas le goût délicat ? Jusqu'à preuve du contraire, je voulais croire que mon cicerone ne s'était pas trompé... La pensée de voir une jolie tête donnait un attrait de plus à ma visite à M. Auclerc.

« Autant que j'en pus juger d'après les rues par lesquelles j'avais passé pour atteindre celle des *Comtes de Champagne*, cette rue était la rue de la Chaussée-d'Antin de la ville. La maison de M. Auclerc avait aussi fort bonne mine ; élevée de deux étages, comme la plupart des maisons bourgeoises en province, et avenante à l'œil avec ses persiennes vertes et son toit en ardoises. Je tirai un pied de biche accroché à la porte. Une grosse paysanne, fraîche et accorte, m'ouvrit.

« — Monsieur Étienne Auclerc, s'il vous plaît ?

« — C'est ici, monsieur.

« — Y est-il ?

« — Non, monsieur, il est allé faire un tour de promenade avec madame, avant le déjeuner. Mais mam'zelle y est... Et si monsieur veut me dire son nom...

« — Oh ! mon nom... mademoiselle Auclerc le connaît bien peu, peut-être. Enfin... annoncez M. Théodore Spindler...

« — M. Théodore Spindler ; bon, monsieur. Si monsieur veut prendre la peine de me suivre au salon, j'irai ensuite prévenir mam'zelle.

« Précédé de la servante, je traversai une cour au milieu de laquelle un magnifique épagneul anglais, nonchalamment couché au soleil, me salua de quelques aboiements, plutôt pour la bonne règle, évidemment, que pour me manifester sa défiance.

« — Taisez-vous, Pyrame ! Taisez-vous ! fit la paysanne.

« Et elle ajouta en s'adressant à moi :

« — C'est qu'il est vexé que son maître n'ait pas voulu l'emmener, voyez-vous, monsieur, car, d'ordinaire, il n'aboie qu'après le charbonnier ! Oh ! il est doux comme un mouton, notre Pyrame.

« — Excepté *pour* le charbonnier.

« — Ah ! dame, vous savez, monsieur... les bêtes, ça a ses idées comme les personnes. Il n'aime pas ce qui est noir, ce pauvre chien !

« Là, si monsieur veut s'asseoir... Je m'en vas monter près de mam'zelle... Monsieur Théodore ?...

« — Spindler.

« — Spindler... Excusez, monsieur... mais quand on entend un nom pour la première fois... Théodore Spindler !... Oh ! j'y suis à cette heure.

« La servante s'était éloignée. J'examinai le lieu où je me trouvais, et cette inspection n'eut rien que de favorable à mon hôte. Le salon était meublé d'une façon fort simple, mais qui n'excluait pas certaine élégance. Je remarquai principalement une garniture de cheminée en bronze florentin d'un beau modèle, et, au-dessus d'un piano d'Erard, une magnifique gravure d'Henriquel-Dupont, représentant la reproduction de la fresque exécutée par Delaroche pour l'hémicycle de l'école des Beaux-Arts. « Dis-moi quels tableaux tu possèdes, je te dirai qui tu es. » Cette maxime, pour être quelque peu paradoxale, n'en a pas moins, au fond, une réelle portée philosophique. Il est certain que l'homme qui accroche à ses murailles, — et qui les y admire, — les *Souvenirs* et *Regrets* de Dubufe, ou des *chasses* quelconques de Victor Adam, ne saurait ressembler, en aucun point, comme intelligence, à l'homme qui donne la place d'honneur, dans son intérieur, à des gravures de maîtres d'après des maîtres, — ceux-ci se nommant, parmi les anciens : Edelinck, Nanteuil, Morghen, Dervic et Tardieu; parmi les nouveaux : Richomme, Henriquel-Dupont, Calamatta et Forster; ceux-là ayant nom : Raphaël, Corrége, Rembrandt et Titien ; ou Delaroche, Paul Delacroix, Ingres et Decamps.

« Le salon de M. Auclerc donnait, de plain-pied, au midi, sur un jardin qui me parut assez vaste et bien dessiné. J'étais debout, près d'une fenêtre, admirant une corbeille garnie de rosiers d'espèces rares, lorsqu'une porte s'ouvrit derrière moi. Je me retournai vivement. Une jeune fille s'avançait de mon côté en me saluant. Elle pouvait avoir dix-sept ans; elle était de petite taille, mais gracieuse et bien proportionnée. Ses traits, qui exprimaient en ce moment une contrainte toute naturelle, étaient d'une distinction, d'une finesse de lignes remarquables.

« — Monsieur, me dit-elle, d'une voix dont le timbre s'harmoniait avec le charme de son visage, je regrette vivement que mon père soit sorti, et il sera encore plus fâché que moi, j'en suis sûre, de ne pas s'être trouvé ici pour vous recevoir. Au reste, il ne peut tarder longtemps, et, en attendant son retour, s'il vous plaisait de visiter notre jardin, j'aurais le plaisir de vous y accompagner.

« En prononçant ces paroles, mademoiselle Auclerc se dirigeait vers la porte ouvrant sur le jardin. Je l'arrêtai d'un geste.

« — Pardon, mademoiselle, lui dis-je: avant tout, je désirerais être certain que je n'abuse pas de vos moments... sinon je resterais dans ce salon à attendre monsieur votre père.

« La jeune fille sourit.

« — J'allais justement descendre au jardin quand on m'a annoncé votre visite, monsieur, répliqua-t-elle.

« — Très-bien! Maintenant, si vous le permettez, une question : vous venez de dire que M. Auclerc sera fâché de ne s'être pas trouvé ici lors de mon arrivée; vous savez donc qui je suis, mademoiselle?

« — Oui, monsieur... ou, du moins, je crois le savoir. Vous êtes le fils de M. Ludovic Spindler, mort il y a deux mois?

« — En effet, mademoiselle.

« — Eh bien! monsieur, mon père nous a souvent parlé, à ma mère et à moi, de M. Ludovic Spindler, qui avait été, nous a-t-il dit, un de ses meilleurs amis à Paris, Et lorsqu'il nous apprit le malheur qui vous avait frappé, nous allâmes le même jour, ma mère et moi, prier Dieu pour le repos de l'âme de celui que vous pleuriez, et lui demander de vous donner la force et la résignation.

« — Il serait possible, mademoiselle!... Quoi!... sans me connaître... vous...

« Je n'achevai pas, l'émotion m'en empêcha; mais Louise Auclerc me comprit; elle lut dans mes yeux humides toute la reconnaissance que j'éprouvais de sa pieuse et adorable conduite, et elle reprit avec une grâce modeste :

« — Mon Dieu, monsieur... mais je vous le répète... sans vous connaître... personnellement, non plus que monsieur votre père, j'avais si souvent entendu parler de vous... que vous n'étiez pas des étrangers pour moi. Et puis... n'est-ce pas un devoir... lors même qu'on ne les a jamais vus... de prier pour ceux que Dieu a rappelés à lui... comme pour ceux qui souffrent?

V

« On dit que le rire rapproche; les larmes rapprochent bien plus encore que le rire. J'avais pleuré devant mademoiselle Auclerc, et, en présence de mon émotion, j'avais vu son délicieux visage s'animer d'une douce lueur de pitié...

« Nous étions déjà deux amis ; deux vieux amis.

« — Allons visiter votre jardin, mademoiselle, lui dis-je après une seconde de silence.

« Et, sans hésiter, elle passa son bras sous le bras que je lui offrais.

« — Allons! répliqua-t-elle.

« Oui, vraiment, j'eusse défié quiconque nous eût rencontrés alors, nous promenant lentement, de croire que nos relations dataient tout au plus de quelques minutes. Et il y a des gens qui nient la sympathie! Il est vrai que ces gens-là allèguent, à l'appui de leur opinion, nombre de personnes qui ont commencé par s'exécrer avant de s'adorer. Mais ceci est l'exception; la règle, c'est l'effet subit, instantané, des instincts. Et, pour mon compte, je préfère la règle à l'exception. Il y a cet avantage à aimer tout de suite ceux qu'on doit aimer : on les aime plus longtemps.

« De quoi causâmes-nous, Louise et moi, pendant notre promenade? Je serais, ma foi, fort embarrassé de le dire. Autant qu'il m'en souvienne, elle me parlait de ses fleurs, et je me contentais de l'écouter. Et notez qu'elle ne s'aperçut pas plus, un seul instant qu'elle parlait toujours, que je ne m'aperçus moi-même que je ne parlais pas assez. Nous nous promènerions encore, je crois... — il y avait tant de fleurs dans le jardin! — sans l'appel soudain d'une cloche.

« — Mon père est de retour! Venez, venez vite! me dit Louise.

« Et nous voilà tous deux à courir, côte à côte, dans une allée qui nous ramenait vers la maison.

« Nous n'étions pas à moitié chemin que j'aperçus, venant au-devant de nous, courant comme nous, un homme d'une cinquantaine d'années.

« — Mon père! C'est mon père!... fit Louise sans s'arrêter. Oh! il a l'air bien content!

« — Et moi donc, mademoiselle, répliquai-je, — sans m'arrêter davantage, comme de raison; — c'est moi qui suis heureux d'un si aimable accueil!

« Quand nous ne fûmes plus qu'à quelques pas l'un de l'autre, M. Auclerc et moi, nous fîmes halte simultanément, moi pour le saluer, lui pour me considérer avec une curiosité tout affable; Louise, immobile, à notre droite, nous examinait gaiement, prévoyant ce qui allait arriver.

« Ce qui arriva, ce fut que M. Auclerc s'écria : — Je le reconnais! Oui, je le reconnais!... Parole d'honneur!

« Et qu'il m'ouvrit ses bras, en ajoutant :

« — Eh bien! embrassez-moi donc, Théodore, embrassez-moi donc, que diable, mon ami!... Parce que vous ne me reconnaissez pas, vous, ce qui ne m'étonne guère, ce n'est pas un motif pour ne point me donner ce qui m'est dû!

« M. Auclerc parlait encore que je lui couvrais les joues de baisers, — qu'il me rendait avec usure. — Je l'embrassais... comme j'embrassais mon père... lorsque j'avais un père... trouvant dans ces chaleureuses étreintes quelque chose qui me rappelait les chères caresses de l'ami tendre et dévoué que j'avais perdu.

« Ce premier moment d'effusion passé, M. Auclerc reprit, en me considérant, de nouveau, tout radieux :

« — C'est pourtant vrai que je vous reconnais à merveille, mon cher Théodore!... Je vous appelle Théodore tout court, tant pis, comme lorsque vous n'aviez que douze ans!... Cela ne vous contrarie pas?

« — Oh! non, monsieur.

« — Car vous n'aviez pas plus de douze ans, la dernière fois que je vous ai vu chez votre père... votre digne et honnête et bon père!... Oh! nous causerons de lui... nous causerons beaucoup de lui, n'est-ce pas? Mais, avant tout, je veux vous remercier de vous être rendu à mon invitation. Entre nous, n'ayant pas reçu de réponse à ma lettre, il y a deux mois, je n'osais guère compter sur votre visite!...

« — Il est vrai, monsieur, je me suis montré impoli alors, mais...

« — Mais ce n'est pas cela du tout que j'ai voulu dire... vous étiez trop chagrin alors pour songer à écrire... c'est très-naturel... et puisque vous voilà, c'est que, néanmoins, vous avez été sensible à ma lettre!... Ah çà... vous nous restez cinq ou six semaines! On ne fait pas un voyage de vingt-cinq lieues pour s'en retourner tout de suite!...

« — Cependant, monsieur!

« — Cependant, quoi? Vous craignez de nous gêner, peut-être? Nous gêner!... c'est un service que vous nous rendrez, au contraire, mon cher enfant, en consentant à vous installer chez nous un mois ou deux! En province, on n'a pas souvent de ces aubaines-là de posséder des Parisiens... et quand elles vous tombent du ciel, on en profite!... Et mademoiselle ma fille vous a fait les honneurs de *notre parc?*... C'est bien, cela, Louise!... Oh! c'est qu'elle a dû vous dire, n'est-ce pas, que je lui avais bien souvent parlé de votre père!... C'est égal, quand Catherine, la domestique, a prononcé votre nom devant moi... je ne pouvais pas y croire!... Et ma femme donc! ma bonne Eugénie!... Au fait, ma femme, j'oublie qu'elle brûle du désir de vous voir... qu'elle vous attend en veillant au déjeuner! Si nous allions la rejoindre? Nous causerions tout aussi bien à table! Vous n'avez pas encore déjeuné, j'espère, et vous avez faim! Allons!... Prenez mon bras... Mademoiselle ma fille marchera devant... Elle vous a eu assez, c'est mon tour!... Ce cher Théodore!... Ah! oui, c'est gentil d'avoir eu la pensée de venir comme ça surprendre un vieil ami... car enfin, il n'y a pas à le nier, je suis votre vieil ami... quoique j'eusse pu passer cent fois devant vous, hier ou ce matin, sans que vous fissiez attention à moi... Aussi, nous ne serons pas ingrats... soyez tranquille!... Nous nous arrangerons de manière que vous ne vous ennuyiez pas trop dans notre petite ville! Sans doute Provins, ce n'est pas Paris... mais, pour deux ou trois mois, on se passe bien de Paris... Eh! eh! on s'en passe plus longtemps que cela... Exemple : moi, qui vis dans ce pays depuis quinze ans, et qui ne le quitterais pas pour un empire!... Et puis, Louise, marche donc, petite... tu restes dans nos jambes... ta mère va s'impatienter!...

« Tout occupée, en effet, d'écouter, — à mon exemple, — l'aimable caquetage de son père, Louise se retournait en s'arrêtant à chaque pas. Je ne me plaignais point de ces temps d'arrêt qui me réunissaient à la jeune fille, mais il est évident que, de la façon dont nous nous y prenions tous trois, nous risquions fort d'arriver à la maison non plus pour déjeuner, mais pour dîner.

VI

« Je ne m'appesantirai pas sur le début de mes relations avec la famille Auclerc; — relations qui devaient devenir bientôt si intimes: — ce n'est pas mon histoire que j'ai à vous conter, mais celle des deux personnages que vous avez vus ce soir au théâtre; celle, surtout, et avant tout, d'un homme... dont je n'ai pas encore eu occasion de prononcer le nom jusqu'ici, d'un homme de talent, d'un artiste hors ligne, que vous connaissez, que vous admirez...

« Et sur certains épisodes de la vie duquel il vous paraîtra intéressant, je crois, de vous instruire.

« Cependant, si je vous ai conduit avec moi, à Provins, dans la maison de M. Auclerc, — aujourd'hui mon très-honorable et très-honoré beau-père, — après vous avoir dit par quel effet du hasard j'avais été amené à cette visite, ce n'a pas été sans motif... Et ce motif, c'est que le fait de mon séjour à Provins, et ce qu'il en advint, c'est-à-dire mon amour pour Louise et ma demande de sa main à son père, constituent en quelque sorte le prologue de mon drame...

« Comme notre rencontre à la Gaîté, tout à l'heure, de Marianne Philippeaux et de Lucien Chastel, en représente le dénouement.

LE DÉMON DE L'ALCOVE

PAR HENRY DE KOCK.

M. Auclerc me regarda avec une surprise affectée. (Page 9.)

« Dénouement triste, affreux, révoltant, je vous en avertis d'avance.

« Mais, quand on touche aux choses vraies de ce monde, il faut bien prendre son parti, n'est-ce pas, de se tacher quelquefois les doigts ?

« Ces prolégomènes posés, franchissant rapidement un intervalle de deux mois, j'en arrive à ce qui se rattache, — rien que par un fil, sans doute, mais un fil d'or; — aux événements qui vont suivre.

« C'était à la fin du mois de juillet; une après-dînée ! la scène est toujours à Provins, chez M. Auclerc; — Louise et sa mère se promenaient au jardin; — une promenade préméditée entre les deux femmes et moi pour me laisser seul avec celui à qui j'allais ouvrir mon cœur comme je le leur avais déjà ouvert à elles deux.

« J'avais l'habitude, chaque soir, en sortant de table, de faire avec M. Auclerc une partie de tric-trac; — un jeu fort difficile, soit dit en passant, et que, pour être agréable à mon futur beau-père, j'avais appris victorieusement en *deux* leçons !

Gusman ne connait plus d'obstacle,
C'est un Dieu. . . . .

« Catherine, la domestique, venait de dresser la table de tric-trac à sa place ordinaire, au dehors, sous un berceau de vigne, devant la porte du salon.

« M. Auclerc rangeait les *dames* en bataille.

« — Eh bien ! Théodore, me cria-t-il, et cette partie? Vous m'avez gagné hier, il me faut ma revanche ce soir ! À qui la primauté, voyons ?

« M. Auclerc me tendait un cornet.

« — Pardon, dis-je, mais, si vous le permettez, mon bon ami, je désirerais vous entretenir... sérieusement, avant de jouer.

« M. Auclerc me regarda avec une surprise affectée.

« — Diable ! diable ! s'exclama-t-il. Ah ! vous avez à m'entretenir sérieusement, cher enfant. A vos ordres; mais, d'abord, sera-t-il long cet entretien ?

« — Oh ! je ne le pense pas...

« — C'est qu'autrement nous aurions pu nous rendre dans mon cabinet de travail... et nous y enfermer au verrou ! Vous comprenez, ici, l'on n'est pas absolument à l'abri des oreilles indiscrètes... et si ce que vous avez à me dire était d'une nature... mystérieuse... il serait peut-être imprudent à nous de ne pas nous mettre sur nos gardes !

« Le ton railleur de M. Auclerc me troublait malgré moi.

« — Vous vous moquez, mon bon ami, murmurai-je, et c'est mal, car vous avez fort bien deviné ce que j'ai à vous dire... et vous savez fort bien aussi que, tout importants qu'ils soient, l'aveu... la demande que j'ai à vous adresser, n'exigent pas qu'on les entoure d'un tel luxe de précautions...

« M. Auclerc sourit en me tendant la main.

« — Vous avez raison, Théodore, reprit-il, je suis un méchant !... Oui, je sais fort bien ce que vous avez à me dire... Je le sais d'autant mieux, je l'avouerai que j'en ai causé longuement ce matin avec ma femme...

« — Ah ! madame Auclerc vous a appris...

« — Que vous vous étiez permis de la prendre pour confidente de votre amour pour ma fille, monsieur le mauvais sujet ! Mais, sans doute ! Cela vous déplaît peut-être qu'une honnête femme n'ait rien de caché pour son mari ?...

« — Oh ! non, non ! Cela ne me déplaît pas ; au contraire !... Mais alors...

« — Alors, puisque, sans vous avoir coûté grands frais d'éloquence, vous me trouvez au courant de la question, voilà que pour vous être agréable il faut que je me hâte de la résoudre, n'est-il pas vrai ? Et si, pourtant, je tenais à être renseigné sur cette question par vous-même, moi ! Dame !... quand l'avenir de sa fille est en jeu, c'est bien le moins, je pense, qu'un père veuille qu'on lui mette les points sur les i. Ma femme a pu se tromper, après tout, sur vos intentions, et...

« — Se tromper !... Se tromper, quand je lui ai répété mille fois que j'adore mademoiselle Louise... et que je serai heureux... oh ! bien heureux d'obtenir sa main !

« — Oui !...

« — Et vous voulez l'épouser ?

« — Oui !

« — Et Louise, vous aime-t-elle, elle ?

« — Je l'espère !...

« — Je l'espère !... Tartufe, va !

« — Mon bon ami...

« — Mais, oui, Tartufe ! Si vous n'étiez pas un hypocrite insigne, qui vous empêcherait de me dire franchement que vous êtes certain... très-certain d'être aimé !... Avec cela que vous vous imaginez, peut-être, que je ne me suis pas aperçu de ce qui se passait sous mon toit depuis que vous y êtes, misérable suborneur ! Avant l'arrivée de monsieur, je possédais une fille d'humeur égale... toujours enjouée... toujours caressante ! Aujourd'hui, je surprends, à chaque minute, mademoiselle ma fille rêvassant toute seule dans des coins !... Trois jours de suite... — trois jours, je les ai notés... — elle oublie de m'embrasser en me souhaitant le bonsoir !... Et monsieur, après avoir semé le trouble et le désordre dans ma maison, vient me marmotter d'un air de chattemite : « Il y a quelque chose chez vous qui ne marche plus « comme d'ordinaire ; vous croyez ? » Et quand on lui demande : « Êtes-vous aimé ? » Monsieur répond : « Je l'espère ! »

« Tenez, pour vous punir de votre manque de bonne foi, monsieur Théodore Spindler, vous mériteriez que je vous jetasse à la porte !... tout de suite !... honteusement !...

« — Hein !... Comment !... Vous...

« — Attendez donc !... Si... touché d'indulgence, et persuadé d'ailleurs que vous ferez un excellent mari... en dépit de vos penchants à la duplicité... je ne préférais vous dire : Viens m'embrasser, mon fils... Louise est à toi !

« Je m'étais élancé dans les bras de M. Auclerc.

« — Maintenant, causons vraiment sérieusement, reprit-il, en me montrant une chaise et en s'asseyant en face de moi.

« Je souriais, croyant démêler encore un jeu dans sa contenance quasi-solennelle.

« — Je ne plaisante plus, Théodore, continua-t-il ; non, je ne plaisante en aucune façon, à cette heure.

« Je t'aime... et je t'accorde avec joie la main de Louise ; voilà qui est convenu.

« Je te donne ma fille, dont la dot, tu le sais, se compose...

« — Oh !...

« — Soit ! il ne te convient pas que nous parlions écus en cet instant. Laissons les écus dormir. Au surplus, je suis un peu de ton avis ; entre gens comme nous, on a toujours le temps d'aligner des chiffres.

« Mais il est une autre question... — qui a aussi sa gravité, et dont, avec ton assentiment, il me serait agréable de m'occuper dès ce moment.

« — Je vous écoute, mon bon ami.

« — Je t'avertis, poursuivit M. Auclerc, que, suivant toutes probabilités, tu vas m'en vouloir de soulever cet incident, comme on dit au Palais.

« — Vous en vouloir !...

« — Sans doute... puisque cet incident n'est autre qu'une condition mise à ton union avec Louise.

« — Une condition ?

« — Une condition *sine quâ non*, arrêtée, d'un commun accord, hier au soir, entre ma femme et moi.

« — Expliquez-vous, je vous prie.

« — Ce sera bien vite fait. Voyons, à quelle époque à peu près, à ton idée, ton mariage pourrait-il avoir lieu ?

« — Mais... j'avais pensé... et madame Auclerc et Louise avaient pensé comme moi que, dans deux mois environ... c'est-à-dire à l'expiration de mon deuil...

« — Bien ! très-bien, mon bon ami ! Ton amour ne t'a pas fait négliger le respect que tu dois à la mémoire de ton père ; je n'en attendais pas moins de toi, et j'augure d'autant mieux du mari que le fils est un cœur pieux.

« Sur ce point, nous sommes donc encore d'accord. C'est aujourd'hui le 27 juillet ; du 1er au 15 octobre, mademoiselle Louise Auclerc deviendra madame Théodore Spindler.

« Mais, à présent, dis-moi... et ces deux mois qui ont encore à s'écouler avant qu'on appelle les violons... ces deux mois d'août et de septembre... as-tu songé... toi qui songes à tout... à quoi et comment tu les emploierais ?

« — A quoi, comment, je les... Ma foi, mon bon ami, à vrai dire, j'ai employé si agréablement les jours que je viens de passer dans votre maison, que je n'ai pas pensé que j'eusse à me préoccuper d'employer d'une autre manière ceux qui précéderaient mon mariage.

« — Ah ! ah ! ce qui signifie, brigand, que tu comptais rester ici à continuer de roucouler à ton aise, dans l'ombre, jusqu'à ce qu'il te fût permis de te pavaner en plein soleil avec ta colombe!...

« M. Auclerc riait en s'exprimant de la sorte; j'allais lui répondre sur le même ton, mais, redevenant grave tout d'un coup:

« — Je ris, et j'ai tort, fit-il; oui, j'ai tort... car, encore une fois, ma décision, relativement à l'emploi de ces deux mois d'août et de septembre, est sérieuse; elle te chagrinera même un peu, je le crains, mon bon Théodore... comme elle chagrinera ma fille...

« Or, rire, au moment d'affliger ses enfants, cela est au moins maladroit.

« Je considérais, interdit M. Auclerc.

« — Mais, enfin, qu'est-ce donc cette décision? m'écriai-je.

« — Allons, allons, reprit-il avec bonté, ne t'effraie pas! Cela n'est pas si terrible que cela peut le paraître, Ce que j'attends de toi, mon ami...

« — Eh bien?

« — Eh bien! c'est que, d'ici la fin de septembre, tu retournes à Paris... tout simplement.

« — Que je retourne à Paris... et à quel propos? dans quel but?

« — Dans quel but de me convaincre qu'une flamme, qui s'est si vite allumée, n'est pas capable de s'éteindre aussi vite.

« — Il serait possible... vous supposeriez...

« M. Auclerc m'interrompit de nouveau d'un signe affectueux.

« — Je ne suppose rien, continua-t-il, mais si tu veux le mot de ma conduite en cette circonstance, mon ami, le voici: — et ma femme, qui n'est pas plus sotte qu'une autre, m'a approuvé formellement. — Je te crois un honnête homme, Théodore, sinon t'aurais-je accueilli comme je t'ai accueilli dans ma maison? T'aurais-je permis d'aimer ma fille et de te faire aimer d'elle? Tu es le fils d'un de mes anciens amis; ta position de fortune est brillante; tu possèdes, comme artiste, assez de talent pour arriver très-haut. Tout en toi, physiquement et moralement, contribue donc à te rendre un gendre désirable.

« Cependant, soyons justes; depuis combien de temps nous connaissons-nous, — nous qui parlons de nous lier par des liens indissolubles? — Depuis quelques semaines, pas davantage.

« Je t'avais vu quelquefois jadis, enfant, et j'avais gardé de toi le plus aimable souvenir. Mais quant à toi, — tu me l'as confessé un jour, et je t'ai su gré de ta franchise; — c'est surtout à un caprice que j'ai dû le plaisir de ta visite. Tu t'ennuyais... tu ne savais que faire; tu t'es dit: Allons chez celui qui aimait mon père.

« Une heureuse inspiration, d'ailleurs, puisqu'elle est cause qu'aujourd'hui je t'appelle mon fils.

« Mais s'il m'a suffi, comme homme, de quelques semaines de relations pour reconnaître que tu es digne de mon estime et de mon affection, Théodore, comme père, et tu en conviendras toi-même, il m'est permis de me montrer plus exigeant.

« Je ne reviens pas sur ce que j'ai dit, comprends-moi bien: dès cet instant je te considère comme le mari de ma fille, je te le jure. Seulement, avant de te donner à tout jamais ce titre, j'exige que tu te soumettes, sans hésiter, à une épreuve que je trouve sage de t'imposer; et cette épreuve, c'est ton départ immédiat... c'est notre séparation pendant deux mois. Toutes lois de convenances à part, — et tu admettras pourtant avec moi qu'il ne serait pas d'une complète bienséance qu'un futur habitât, jusqu'au moment de la conduire à l'autel, sous le même toit que sa future, — abstraction faite des usages, l'épreuve que j'ai décidée a ceci d'utile, à mon sens, qu'elle doit être pour tous une garantie de l'avenir. La séparation est la pierre de touche de l'amitié comme de l'amour. Si vous vous aimez réellement, comme j'en suis persuadé, Louise et toi, ces deux mois à vivre loin l'un de l'autre ne serviront qu'à doubler, à tripler votre mutuelle tendresse... loin de l'affaiblir.

« Si... par malheur, il en était autrement... si ce que vous avez pris tous deux pour de l'amour n'était que l'effet d'un goût passager...

« — Oh!...

« — Laisse-moi achever... je suppose en ce moment, je ne prophétise pas, Dieu m'en garde! — Dans cette hypothèse... impossible!... — tu entends! Je dis impossible... — vous auriez à me remercier tous deux d'un acte de prudence qui aurait eu ce résultat de vous dessiller les yeux.

« Enfin, je t'ai exprimé mon désir, ma volonté, Théodore. A tort ou à raison, je tiens à ce que ce désir... ou cette volonté, s'accomplisse. Est-ce trop, au père qui a veillé pendant dix-sept ans sur le bonheur de son enfant, de demander à l'homme à qui il va remettre le soin de ce bonheur, quelques semaines, non pas de réflexion... mais d'attente? Réponds!

« Mon cœur s'était serré à l'idée de quitter Louise, mais ma raison me disait que M. Auclerc agissait selon son devoir.

« — Je partirai demain matin, mon bon ami, lui dis-je.

VII

« Louise et sa mère avaient paru dans l'allée faisant face à la maison au moment où M. Auclerc serrait énergiquement ma main dans la sienne.

« — Ah! ah! me dit-il à demi-voix, voici ces dames. Regarde donc un peu la mine de Louise!... Chère enfant!... elle a les yeux fièrement rouges!

« — Oh! elle sait donc déjà...

« — Que tu t'en vas demain! Parbleu! ne fallait-il pas la préparer comme toi à cette catastrophe? Nous nous étions partagé la besogne, ma femme et moi; à elle l'amoureuse, à moi l'amoureux!... Oh! quand les parents se mêlent d'être barbares, ils n'y vont pas par trente-six chemins!...

« Louise a été raisonnable autant que toi, j'en suis sûr; pour vous récompenser tous les deux, tu vas voir ce que je vais vous ménager... tu vas voir!

« Comme M. Auclerc prononçait ces mots, sa femme

et sa fille n'étaient plus qu'à quelques pas de la tonnelle.

« — D'où diable venez-vous donc, mesdames? s'écria le gros homme, d'un ton bougon assez peu en rapport avec l'expression joyeuse de ses traits; voilà une heure que je vous attends!

« — Mais, mon ami, dit madame Auclerc, — qui n'entendait que l'air sans comprendre la chanson, — nous étions...

« — Vous étiez... vous étiez... C'est toi surtout que j'attendais, Eugénie; j'ai reçu tout à l'heure une lettre de ton frère... qu'il est urgent que je te lise!... Vous m'excuserez, n'est-ce pas, Théodore, si, j'abandonne notre partie? Allons! quand tu voudras, Eugénie! J'attends toujours!...

« M. Auclerc entraînait, à l'intérieur de la maison, sa femme... qui ne tarda pas, je suppose, à rire de cet accès d'humeur auquel elle s'était d'abord naïvement laissé prendre.

« Chère Louise! Oui, vraiment, elle avait pleuré!... Je m'approchai d'elle; nos yeux se rencontrèrent. Nous nous étions compris avant d'avoir parlé. Elle avait deviné tout ce qui s'était passé entre son père et moi; et que j'avais accédé à son désir, et que sa colère était un jeu... et cette lettre reçue une supercherie pour nous laisser seuls un instant.

« — Ainsi donc... vous partez? dit-elle la première.

« — Oui, votre père l'ordonne : j'obéis. Mais je reviendrai dans deux mois... dans deux mois, jour pour jour, vous entendez, Louise... et, alors, ce sera pour ne plus vous quitter jamais!...

« Un rayon de joie perça à travers les nuages de tristesse amoncelés sur le front de la jeune fille.

« — Oh! repris-je, cette épreuve à laquelle votre père croit sage de nous soumettre, comme moi vous savez bien qu'elle est inutile, n'est-il pas vrai, Louise?

« Elle rougit.

« — Nous ne pouvions pas nous marier avant l'expiration de votre deuil.

« — Sans doute...mais qui nous empêchait, jusque-là, de vivre... l'un près de l'autre... comme nous avons vécu jusqu'à ce jour? Rien!... Et n'était-ce pas votre avis comme le mien?

« Elle ne répondit pas... C'était répondre.

« — Enfin, poursuivis-je, demain... demain matin nous nous séparerons...je l'ai promis...Mais, durant mon exil, il ne me sera pas défendu, je l'espère, de vous écrire souvent... bien souvent... Un fiancé a le droit d'écrire à sa fiancée; d'ailleurs, j'adresserai mes lettres à votre mère...

« Et... vous me répondrez... quelquefois, n'est-ce pas? Votre mère ne s'y opposera pas?

« Elle détourna la tête en rougissant davantage.

« — Je vous répondrai... une fois par semaine, murmura-t-elle si ma mère me le permet.

« — Vraiment!... Oh! que vous êtes bonne d'avoir songé à cela! Alors, moi, je vous écrirai deux fois... Deux fois contre une, ce n'est pas de trop, n'est-ce pas?...

« — Non... cela ne me semble pas de trop! Mais...

« — Mais?

« — Pardon! J'allais être indiscrète peut-être.

« — Indiscrète!... Ma pensée comme ma vie ne vous appartient-elle pas, Louise! Parlez. Qu'avez-vous à me demander?

« — Qu'allez-vous faire pendant ces deux mois?

« — Ma foi! je ne m'en doute pas encore! Voyager!... Cela ne me tente guère... je ne verrais pas ce que je regarderais... Le plus simple, je crois, serait de me rendre à Paris... De toute façon, d'ailleurs, il était nécessaire que j'y allasse pour m'occuper de certaines formalités... et de certains préparatifs; car, enfin, nous ne resterons pas éternellement à Provins lorsque nous serons mariés.

« — Mais ces formalités... ces préparatifs, ne vous prendront pas deux mois?

« — Hélas! non! et j'aurai bien du temps de reste! Est-ce que, par hasard, vous auriez un conseil à m'offrir pour m'empêcher de mourir d'ennui pendant ces deux mois-là?

« — Un conseil... pas absolument! Cependant... en rêvant tout à l'heure à cette séparation...je m'étais dit...

« — Vous vous étiez dit?

« — Les heures semblent moins longues lorsqu'on travaille. Pour ma part, je me suis déjà donné ma tâche pendant votre absence. Vous savez bien, ce grand tapis... laine et soie... que j'ai commencé pour la table du salon?... Il faudrait quatre mois pour l'achever en ne s'en occupant qu'à son aise... Eh bien! je veux l'avoir terminé... complétement... à l'époque de votre retour! De votre côté... Mais c'est de l'enfantillage, vraiment, et vous allez vous moquer de moi avec mes façons de vous enseigner ce que vous avez à faire!...

« — Me moquer, chère Louise! Par exemple!... Continuez, continuez donc! De mon côté... Tenez, je parie que je vous ai devinée.

« — C'est possible! Enfin, depuis que vous êtes ici, vous n'avez pas touché un pinceau. Cependant la peinture est votre profession... une belle profession... et qui vous est chère... Pourquoi, durant votre séjour à Paris, ne vous mettriez-vous pas à quelque grand tableau?... D'abord, cela vous ferait passer le temps... et puis, ce tableau... je l'aimerais, voyez-vous, en songeant que vous l'avez peint... en pensant à moi; — cela n'empêche pas de penser, de peindre, je présume? — Et puis...

« — Et puis, dites... dites, Louise, tandis que je travaillerais à mon grand tableau, dans mon atelier, je ne risquerais point d'avoir des distractions... je serais tout à vous de loin, comme je le suis de près. C'est cela que vous souhaitez... Pardon!... C'est cela que vous me conseillez?...

« Louise avait rougi de nouveau... elle balbutiait et baissait ses jolis yeux. Oh! c'est que je ne m'étais pas trompé sur son désir! L'amour le plus pur, le plus candide, n'est pas exempt d'une nuance de jalousie. En me disant : « travaillez! le travail vous aidera à trouver notre séparation moins cruelle! » en d'autres termes elle me disait : « je m'inquiète de ce que vous allez devenir au milieu de ce monde de Paris, où vous allez retourner!... J'ai peur d'être oubliée... ne fût-ce qu'un jour; j'ai peur d'être moins aimée. »

« J'avais pris sa main que je portai respectueusement à mes lèvres, et, m'agenouillant à demi devant elle :

« — Louise, lui dis-je, vous souvenez-vous qu'en me promenant, avant-hier, avec vous et votre père, dans la ville haute, du côté de la *tour de César*, je m'écriai, frappé d'admiration devant le magnifique paysage qui s'offrait alors à mes yeux, que je reviendrais un jour à cette place pour y faire l'esquisse d'un tableau... qui serait mon chef-d'œuvre?

« — En effet... je me souviens de ces paroles.

« — Eh bien! Louise, ce tableau dont j'ai l'esquisse dans mon cerveau, je vous le promets... complétement achevé.... à mon retour à Provins!... Ce sera un de mes présents de noce... voulez-vous?

« — Oh! oui!... et le préféré! Merci, merci de votre bonne promesse, mon ami. J'y compte...

« — Comme je compte trouver, en revenant, le grand tapis, laine et soie, terminé... complétement?

« Elle hocha malignement la tête.

« — Et quand il ne serait pas terminé, me disait-elle ainsi, vous savez bien, vous, que personne ne m'empêchera de travailler, moi!

« Et tout haut :

— C'est juré, fit-elle, le tapis contre le tableau. »

VIII

« Assurément, il y avait quelque chose d'original et de sensé, tout à la fois, dans cette idée de M. Auclerc de m'envoyer promener pendant deux mois, comme moyen de s'assurer de la réalité de mon amour pour sa fille. En comparant, à ce sujet, mon sort à celui de ces preux chevaliers du bon vieux temps, qu'on obligeait à s'en aller guerroyer une dizaine d'années en terre sainte, avant de leur permettre de conduire à l'autel la femme de leur choix, — sorte d'épreuve qui, entre nous, devait avoir aussi bien des mécomptes, — je n'avais certes pas à me plaindre. Qu'est-ce que deux mois? Soixante jours, rien de plus; soixante jours à perdre pour gagner des années de bonheur, c'est là un marché auquel nul homme, je crois, en ce monde, ne se refuserait à souscrire. Nous gaspillons si souvent tant de temps sans autre perspective que d'en gaspiller davantage.

Cependant, si, dans le premier moment où M. Auclerc m'annonça sa résolution, et lors même que l'instant fût venu de la mettre en pratique, — c'est-à-dire lors de mes adieux à Louise, — je me montrai courageux, résolu, héroïque... — à mériter qu'on me mît au rang des Amadis sus-énoncés, — j'avoue qu'à peine hors de cette chère maison, qui me semblait déjà mienne, à peine installé dans une horrible guimbarde qui me transportait, — moi et mes malles, — au chemin de fer, ma force ou ma résignation, comme il vous plaira, s'évanouit. La diligence nous secouait, — mes malles et moi, — à nous briser; il faisait une chaleur à indisposer des vers à soie; l'irritation physique se joignant à l'irritation morale, j'arrivai dans un état déplorable à l'embarcadère. Mon œil flamboyant fixé sur la route que je venais de franchir, et envisageant, mentalement, celle qu'il me restait à parcourir, je murmurais : — « Oh! exiler un homme à Paris... en pleine canicule... quand il n'y a plus à Paris que ceux que la nécessité de gagner leur pain y enchaîne!... Certes, M. Auclerc a eu là une certaine fantaisie plus désagréable encore que bizarre! J'étais si bien à Provins, près de Louise, sous les ombrages du jardin!... Si bien aussi, — près d'elle, toujours, — dans ce charmant petit salon où le soleil ne pénètre jamais! En admettant que j'atteigne, vivant, Paris, — ce dont je doute!...— qu'y deviendrai-je? J'ai promis à Louise de me mettre au travail, mais pour travailler il faut pouvoir respirer, et Louise ignore qu'on ne respire plus à Paris en cette saison! »

« Le signal de l'approche du convoi m'arracha à mes réflexions sans me distraire de ma mauvaise humeur. Je cherchai un compartiment vide pour y avoir toute facilité de maudire les dieux à mon aise. Il n'y avait pas de compartiment vide. Il me fallut m'asseoir entre une vieille dame qui prisait comme un Suisse, et une jeune, chargée, — c'est le mot, — d'un énorme bouquet de roses et de tubéreuses. L'aspect de la tabatière de la vieille dame me répugnait; la charretée de tubéreuses et de roses de la jeune m'entêtait... Et, pendant deux heures, deux mortelles heures, j'eus à supporter ce supplice sans oser inviter celle-ci à ménager son nez et mes regards; celle-là à fourrer son odieux bouquet sous une banquette... mieux que cela : à le jeter par la portière. Oh! les lois de la galanterie, ou simplement de la politesse, quelle invention absurde, quelquefois, dont les femmes abusent pour faire souffrir les hommes! Je ne suis pas méchant, mais mes deux compagnes de voyage fussent tombées mortes subitement, frappées d'apoplexie, pour cause, l'une d'abus de nicotine, l'autre d'amour trop passionné pour les fleurs odorantes, que j'eusse crié : Bravo!

« Enfin mon martyre cessa, et il était temps : cinq minutes de plus je devenais enragé. J'étais à Paris. — Le quart d'heure des bagages à réclamer, maintenant; encore un amusant quart d'heure! Il s'écoula pourtant, et me voilà roulant en citadine vers mon domicile. Je ne sais si la même cause produit le même effet sur tout le monde, mais, quand je rentre à Paris, après une assez longue absence, Paris n'a plus pour moi le même aspect qu'il avait lorsque je l'ai quitté. Son ciel a pris une couleur particulière; ses maisons, ses rues, ne me semblent plus à leur place. Il n'est pas jusqu'à ses habitants dont la physionomie ne me paraisse étrange. Je ne reconnais plus en eux mes concitoyens. Ils parleraient une autre langue que la mienne, que cela ne me surprendrait que médiocrement.

« La situation d'esprit où je me trouvais ce jour-là n'était pas de nature à atténuer mes dispositions habituelles. De ma vie je n'avais vu tant de gens laids à Paris, hommes et femmes. « Il n'est pas possible, pensais-je, tandis que je vivais à Provins, quelque maladie terrible, quelque fléau cruel aura frappé les Parisiens et les Parisiennes! Ou bien encore c'est peut-être le résultat de quelque décret fantasque de la mode. Les jolies têtes ont reçu l'ordre de déserter la capitale. Elle est livrée aux monstres! »

« Pardonnez-moi ces divagations, — bien excusables, d'ailleurs, je pense, chez un homme qui vient de faire vingt-cinq lieues tout d'une traite, dans les conditions les plus ingrates. Si je vous les ai rapportées, ç'a été surtout pour vous faire comprendre ma joie lorsqu'en descendant de voiture, la première figure que j'aperçus, — une figure humaine, enfin, à mon sens, — fut celle de mon bon Joseph, mon domestique, que je n'avais par eu le temps de prévenir de mon retour subit, et qui, par conséquent, pouvait fort bien ne pas être chez moi quand j'y arriverais.

« — Vous! comment, c'est vous, monsieur! s'écria-t-il stupéfait. Ah! bien! et moi qui ai failli aller déjeuner aux Thernes, ce matin, chez un de mes oncles! C'est ça que je me serais reproché toute ma vie, de n'avoir pas été là pour recevoir monsieur!

« — Oui, Joseph, tu te le serais reproché et tu aurais eu raison, car je suis brisé, abruti de fatigue, mon ami.

« — Monsieur n'est pas malade, pourtant?

« — Non! mais c'est tout comme.

« — Eh bien! si monsieur m'en croyait, pendant que j'irais lui chercher un consommé, monsieur se mettrait au lit bien vite...

« — Au lit... ça ne me tente guère, le lit, Joseph.

« — Alors, après avoir changé de linge, — car monsieur est tout en nage, — monsieur s'étendrait sur son canapé, dans son atelier... où il fait très-frais, et où il se reposerait tranquillement une ou deux heures.

« — Va pour le canapé!... Seulement, aussi, à la place du consommé, tu me donneras un verre de limonade, si cela ne te contrarie pas.

« — Mais un verre de limonade, ça n'est pas bon quand on a chaud.

« — Bah! un consommé quand on n'a pas faim, c'est bien plus mauvais encore, va!

« — Je suis aux ordres de monsieur... Ce que j'en disais...

« — Était dans mon intérêt, j'en suis très-persuadé, Joseph, très-persuadé... et je t'en remercie. Ah! en effet, on est bien ici, fort bien... cela me rappelle...

« — Cela vous rappelle, monsieur?

« — Rien!... Va me chercher ma limonade, mon ami; tout décidé, je crois, comme toi, que si je puis dormir une heure ou deux, cela me remettra.

« Le silence, le calme et la fraîcheur qui régnaient dans mon atelier, en évoquant en moi, comme similitude de bien-être, le souvenir de ce cher salon de Provins, — où Louise se trouvait seule, sans doute à rêver, en cet instant, — m'avaient déjà presque rétabli. Je venais de me jeter, à demi-déshabillé, sur le canapé, lorsque Joseph rentra, portant, sur un plateau, un verre de la boisson que je lui avais demandée.

« — Diable! m'écriai-je, c'est affaire à toi, mon ami! Tu avais donc quelque part une carafe de limonade toute prête?

« Joseph prit un air modeste et malin, tout à la fois.

« — Non, monsieur, non, repartit-il. Monsieur doit bien présumer que je ne m'amuse pas à confectionner... à mon usage... de telles chatteries!... — Elle est bonne, n'est-ce pas, monsieur, cette limonade?

« — Excellente.

« — Et cuite; c'est de la cuite... je le ferai remarquer à monsieur... ce qui est bien préférable à la crue.

« — Enfin... où l'as-tu prise?

« — Je ne l'ai pas prise, monsieur, on me l'a donnée... et l'on a été même très-flattée de me la donner.

« — Flattée? Qui cela, flattée?

« — Mais mademoiselle Pauline... une nouvelle voisine à monsieur.

« — Une voisine! mademoiselle Pauline!... Quelque femme de chambre, sans doute? Comment, animal, tu vas chercher mes rafraîchissements chez tes maîtresses, maintenant!

« — Ma maîtresse! Oh! monsieur s'abuse complètement! Mademoiselle Pauline n'est pas ce qu'il suppose! C'est une jeune dame, fort gentille, emménagée dans la maison du terme dernier... Et, quant à la courtiser, je n'y ai pas songé une minute... d'autant plus que je crois qu'elle a ce qu'il lui faut... et dans un calibre un peu plus huppé que moi!...

« — Mais enfin, à quel propos as-tu été demander ce verre de limonade à cette dame?

« — D'abord, parce que, ce matin, j'ai rencontré sa bonne remontant avec une cargaison de citrons...

« — Ah! il y a une bonne... Tu vois bien que j'avais touché juste.

« — Pas du tout!... la bonne a cinquante-cinq ans!

« — Oh! oh!... c'est différent. Continue...

« — Ensuite, si je me suis permis comme ça de réclamer un petit service, non pas de la bonne, s'il vous plaît, mais de mademoiselle Pauline en personne, c'est que depuis deux mois à peu près, — depuis le départ de monsieur, — j'ai le plaisir de causer avec mademoiselle Pauline, — chaque fois que je la rencontre, par rapport à monsieur.

« — Par rapport à moi! Ah! çà, quel conte me fais-tu là?

« — Ce n'est pas un conte. Il paraîtrait que notre nouvelle voisine connaît beaucoup monsieur. Et son... son... — comment dirai-je... — *son monsieur* aussi connaît très-bien monsieur.

« — *Son monsieur!*... C'est donc une femme entretenue que cette voisine?

« — Dame!... franchement, ça y ressemble un peu... et pourtant...

« — Et pourtant?

« — Monsieur me comprend... si c'est une femme entretenue, du moins ça n'en est pas une de l'espèce vulgaire.. de l'espèce des farceuses, quoi!

« — Et son amant se nomme?

« — M. Édouard Mansion.

« — Édouard Mansion!... »

IX

Spindler s'était arrêté, à ce passage, pour se verser une tasse de thé.

— Ah ! ah ! lui dis-je, frappé du nom qu'il venait de prononcer, voici, si je ne me trompe, que le principal héros de votre drame va entrer en scène, n'est-ce pas, mon cher Théodore ? Celui que vous venez de nommer, cet Édouard Mansion, est bien, suivant vos propres expressions, l'artiste hors ligne... dont je connais et admire et vous auriez pu dire : dont tout le monde connaît et admire — le talent... et sur certains épisodes de la vie duquel vous devez me donner des renseignements intéressants?

Spindler fit un signe affirmatif.

— Vous êtes-vous rencontré quelquefois dans le monde avec Édouard Mansion ? me demanda-t-il.

— Quelquefois.. Mais je n'ai jamais eu occasion de causer avec lui.

— Et savez-vous déjà quelque chose sur lui... autrement que comme artiste? Vous a-t-on jamais parlé de son caractère... de ses habitudes... de sa manière de vivre, enfin?

— Non. Je sais qu'Édouard Mansion, comme compositeur, est une de nos illustrations. Comme homme privé, il m'est complétement étranger.

Spindler secoua la tête de cet air de satisfaction particulier à tout narrateur, qui vient de se convaincre que l'effet qu'il espère de son récit n'a pas été défloré par suite de quelques bavardages préalables.

— C'est à merveille ! dit-il.

Et, ayant vidé sa tasse, il reprit en ces termes :

. . . .

« Un an... quinze mois environ avant l'instant où j'en suis resté de mon histoire, je ne connaissais, comme vous, Édouard Mansion, que pour avoir applaudi cent fois ses délicieuses productions à l'Opéra ou à l'Opéra-Comique...

« Et pour m'être trouvé, de temps à autre, avec lui, en soirée, ou dans l'atelier de quelqu'un de mes amis.

« Voici dans quelle circonstance nous fîmes connaissance plus intime.

« Un soir d'automne, je fumais mon cigare dans le passage de l'Opéra, galerie de l'Horloge en attendant l'heure de l'ouverture du théâtre, lorsque j'entendis pousser un cri derrière moi. Ce cri venait d'échapper à une femme arrêtée devant la devanture d'un horloger. Un individu en blouse, en passant près de cette femme, l'avait insultée d'un mot ou d'un geste; quand je me retournai, il était là encore, dans une pose goguenarde, en face de la pauvre femme, toute rouge et toute tremblante.

« J'avais une canne à la main; d'un bond je fus à portée du goujat, et, avant qu'il n'eût eu le temps de prévoir mon attaque, je lui appliquais sur les reins un coup à toute volée.

« Il poussa à son tour un cri... mais de rage, celui-là. Je crus qu'il allait se ruer sur moi, et, mon rotin en arrêt, je m'apprêtai à renouveler la correction.

« Mais non ! Quelques passants, témoins du fait, s'étaient arrêtés déjà; mon individu à la blouse jugea que la lutte devait être dangereuse, pour lui, de toutes façons; au lieu de s'élancer en avant, il recula... lentement d'abord, comme s'il eût craint que je ne songeasse à le poursuivre et que par cette manœuvre il eût voulu me donner le change sur ses intentions, puis, il s'enfuit rapidement aux rires et aux huées des assistants.

« J'allai alors à la jeune femme, demeurée clouée en place.

« — Madame, lui dis-je, en ôtant mon chapeau, je regrette de n'avoir pu vous éviter l'insulte de ce misérable. Il est loin, je crois, maintenant, mais si vous éprouviez encore la moindre crainte de le rencontrer, mon bras est à votre disposition...

» Je n'avais pas achevé ces mots, qu'un homme, venant du côté de la galerie du Baromètre, s'avança, en perçant le cercle de badauds qui nous entourait.

« Cet homme, c'était Édouard Mansion.

« La jeune femme, l'apercevant, s'était empressée de courir à lui et de lui saisir le bras.

« Cependant, Édouard Mansion, qui m'avait reconnu également et salué, m'interrogeait, d'un œil surpris, sur la cause du rassemblement formé autour de nous.

« — Ce n'est rien, lui dis-je, venez.

« Et, l'entraînant du côté du boulevard, je lui racontai, d'une façon succincte, ce qui venait de se passer.

« Édouard Mansion commença par me tendre la main, puis, se retournant vers la jeune femme, il lui dit avec un accent de commisération tendre et comique tout à la fois :

« — Pauvre Pauline !... Voilà ce que c'est de n'avoir pas voulu entrer avec moi dans le bureau de tabac, tandis que j'achetais et allumais mon cigare !...

« Et comme elle allait se récrier à ce reproche :

« — Je plaisante ! je plaisante ! reprit vivement Édouard Mansion, — c'est moi qu'il faut gronder, et non pas toi, chère amie ! Moi qui ai été assez stupide pour te laisser seule une minute dans ce passage ! — Et ce gredin d'homme en blouse t'a fait bien peur !... Il t'aura dit quelque grossièreté, n'est-ce pas?

« — Oh ! je ne me rappelle pas ce qu'il m'a dit, mais...

« — Mais je suis fâché de ne m'être pas trouvé là pour l'arranger moi-même, comme il le méritait, ce monsieur... quoiqu'il soit probable que je ne m'en serais pas mieux acquitté que vous, monsieur Spindler.

« — Oh ! certes, non ! Monsieur lui a donné un coup de canne !... J'ai cru que le malheureux allait tomber !...

« — Mais il n'est pas tombé... ces gaillards-là ont la peau dure ! il court encore... et, dans cinq minutes, si le diable le sert, il recommencera ailleurs ses gentillesses. Oh ! l'affreuse ville que ce Paris, où une femme ne peut faire dix pas sans être exposée à quelque algarade de ce genre ! Enfin, heureusement, qu'à mon défaut, tu as trouvé un défenseur, Pauline. Je vous remercie de votre bonne et courageuse assistance, mon cher monsieur Spindler... Je vous en remercie de tout mon cœur, entendez-vous !... Mais j'y songe, vous attendiez peut-être quelqu'un dans le passage de l'Opéra... et nous voici boulevard Montmartre. Vous allez manquer votre rendez-vous.

« — Non. Je n'avais pas de rendez-vous... j'attendais

l'heure d'aller entendre un acte ou deux de *Guillaume Tell*...

« — Bah! Mais ce sont toutes les doublures qui chantent *Guillaume Tell*, ce soir!... Vous êtes donc bien disposé à vous faire écorcher les oreilles?

« — Mon Dieu! je suis disposé à perdre ma soirée le moins mal possible, voilà tout.

« — Oui! Eh bien! une proposition : je reconduisais madame chez elle; accompagnez-moi. Nous déposons madame à sa porte... nous la déposons même au delà de sa porte, pour être sûrs qu'elle est bien à l'abri des hommes en blouse, puis nous allons nous promener deux ou trois heures ensemble, sur les boulevards. Hein... cela vous convient-il? Bah! ma conversation vaudra bien les beuglements d'un baryton enroué, et les miaulements d'un ténor de rencontre? Je suis, comme vous, en train de flâner... laissez-moi flâner avec vous?... Je vous aurai deux obligations dans la même soirée.

« La proposition était formulée dans des termes trop gracieux pour que je ne m'empressasse point d'y accéder. Au fond, d'ailleurs, je ne tenais pas autrement à aller à l'Opéra.

« — Accepté! répliquai-je.

« — Bravo!

« Cependant, nous avions atteint le boulevard Bonne-Nouvelle, à la hauteur du numéro 12. C'était là qu'habitait mademoiselle Pauline.

« — Adieu, monsieur, me dit-elle avec un aimable sourire, et, pour ma part, merci encore du service que vous m'avez rendu!

« Fidèle à sa promesse, Edouard Mansion ne s'éloigna de la jeune femme qu'après avoir vu retomber derrière elle la grand'porte de la maison. Passant alors familièrement son bras sous le mien...

« — A présent, je suis tout à vous, mon cher Spindler, s'écria-t-il. Et d'abord, permettez-moi de me féliciter d'une aventure qui me procure le plaisir de me rapprocher de vous. C'est vrai, cela; vous êtes un homme de talent, voilà un temps infini que je vous rencontre partout... et je n'avais pas pu encore vous serrer cordialement la main! Je ne sais pas si vous désiriez un peu mon amitié, mais la vôtre me manquait, parole d'honneur! Entre artistes, il ne suffit pas de s'estimer, il faut aussi s'aimer, n'est-ce pas votre opinion?

« — Assurément... et je suis flatté!...

« — Flatté!... oh! prenez garde! si vous dites des banalités, vous allez me donner à penser que vous regrettez de m'avoir sacrifié *Guillaume Tell!*... Non!... C'est que je suis un drôle de corps, voyez-vous, moi... Vous ne vous imaginez pas la reconnaissance que je vous ai de ce que vous avez fait ce soir pour ma chère Pauline!

« — Ce que j'ai fait était très-naturel, et...

« — Et, laissez donc! très-naturel! Prendre la défense d'une femme sans la connaître, dans la rue!... Non! non! cela n'est pas si naturel que cela! Et puis, ma pauvre Pauline!... je l'aime tant!... Tenez!... autant causer de cela que d'autre chose, n'est-il pas vrai? Si vous le permettez, je vais vous dire tout de suite ce qu'est Pauline pour moi... y consentez-vous?

« — Mais très-volontiers.

« — Eh bien! mon cher Spindler, vous avez déjà deviné, sans doute, que Pauline est ma maîtresse, mais ce que vous ignorez, c'est qu'elle est, elle, du nombre de ces maîtresses... d'espèce rare... vraiment aimées... et qui méritent de l'être... auxquelles il est de notre devoir de donner, tôt ou tard, notre nom pour les récompenser de toutes les peines que nous leur avons causées souvent, en échange d'un dévouement sans bornes... d'une tendresse à toute épreuve.

« J'avais vingt-quatre ans lorsque j'ai rencontré Pauline; elle en avait dix-sept, elle. Ah! l'heureux temps!... et comme il est loin déjà!

« — Loin!...

« — Eh! j'ai trente-deux ans aujourd'hui, mon cher. Huit ans, n'est-ce donc rien, à votre avis? Enfin, Pauline était apprentie fleuriste, alors, chez une fabricante de la rue Saint-Denis... moi, je donnais des leçons de piano... à trente sous le cachet... vingt sous par abonnement... et j'écrivais des airs de romances... que les éditeurs ne me payaient pas, par cette raison, disaient-ils, que c'était bien assez déjà de consentir à les graver. Pauline était orpheline; elle demeurait avec sa tante... une brave femme, — morte depuis, — qui avait commencé par crier en apprenant que sa nièce avait un amant, puis qui s'était calmée peu à peu et qui avait même fini, en voyant que j'aimais réellement Pauline, par me recevoir dans son intérieur, et agréer les petits présents que je me permettais de lui apporter quelquefois. Quelquefois!... car, je vous le répète, ma bourse était bien légère à cette époque. Lorsque la bonne tante mourut et que je me trouvai seul alors à subvenir aux besoins de Pauline, il y eut des jours où la pauvre enfant... à l'exemple de Jenny l'ouvrière... dut se contenter de peu... de très-peu. J'avais voulu qu'elle quittât l'atelier; il me déplaisait de la savoir toute la journée au milieu d'étrangers. Elle travaillait donc chez elle, et moi-même, le soir, je venais composer, à ses côtés, sur une méchante épinette de vingt-cinq francs, dont j'avais orné sa mansarde. Chère épinette, aux sons d'harmonica, je l'ai conservée... elle est chez moi, dans mon salon, face à face, comme contraste, d'un piano d'Érard!... Et... ne vous imaginez pas que je plaisante, il m'arrive encore très-souvent... lorsque l'inspiration me manque... de la demander, de préférence au brillant instrument, à ce clavier jauni dont les accords servirent peut-être, jadis, à accompagner les roulades d'un Garat ou d'un Richer quelconque! Et puis, son aspect me rappelle mille souvenirs comiques. Pauline ne s'était-elle pas avisée un jour de se servir de notre épinette comme de coffre-fort. Elle avait fourré quelques pièces blanches, fruit de ses épargnes, sous la table d'harmonie, mais elle avait compté sans le frémissement inévitable que produirait le contact de l'argent avec les cordes. Je découvris la cachette au premier air que je jouai, et voilà Pauline, toute dépitée, — car le magot était destiné, dès qu'il aurait atteint un embonpoint suffisant, à m'acheter une partition dont j'avais grande envie.

« Un autre jour, j'arrive chez Pauline et me mets au piano. O surprise! les touches pressées, outre mesure, les

LE DÉMON DE L'ALCOVE

PAR HENRY DE KOCK.

Pauline.

unes contre les autres, demeurent immobiles sous mes doigts. Quelle est la cause de cette rébellion subite d'esclaves d'ordinaire si obéissantes, trop obéissantes même? Pauline, consternée, m'avoue que, dans un but, très-louable assurément comme intention, mais des plus fâcheux comme résultat, *elle a lavé le clavier de l'épinette à l'eau de savon!* Débarbouiller un clavier comme on débarbouille un gamin qui s'est livré à une bombance de raisiné! Je me roulais en entendant l'explication du mutisme forcé du malheureux piano, et Pauline, me regardant avec ses grands yeux confus, de me répéter :

« — Mais puisqu'il était tout rempli de poussière, ne fallait-il pas le nettoyer?

« Cependant les jours, les semaines, les mois, les années s'écoulant petit à petit, entremêlés pour moi, comme artiste, de rayons d'espérance et de nuages de découragement, j'avais réussi à enlever d'assaut la réception d'un acte à l'Opéra-Comique. Oh! le soir où mon premier opéra fut représenté, quelle ivresse pour Pauline! Elle était allée le matin à l'église faire brûler un cierge pour mon succès. Dieu entendit-il la prière de la pauvre fille? Pourquoi pas? Dieu doit entendre toutes les prières qui partent du cœur. Ce qu'il y a de certain, c'est que mon opéra fut on ne peut mieux accueilli... que cette première soirée devint le point de départ de ma réputation... de ma fortune... Fortune et réputation bien modestes encore sans doute... mais enfin, l'avenir m'est ouver maintenant... et, en attendant que j'y prenne le rang que j'ambitionne, il m'est permis déjà de vivre un peu comme je l'ai toujours souhaité, c'est-à-dire sans compter; il m'est permis, — et c'est ce dont je me réjouis surtout, — de faire à ma chère Pauline une existence paisible et heureuse!...

« Heureuse!... Édouard Mansion avait répété ce mot en poussant un soupir. Je me taisais, surpris de cette transition soudaine.

« — Je vous ennuie, n'est-ce pas, avec mes confidences en manière de pistolet sur la gorge? reprit-il en se tournant vers moi.

« — Point du tout, répliquai-je, et, au contraire, s'il n'y avait point d'indiscrétion, je vous demanderais pourquoi ces confidences... commencées sur un ton joyeux, se sont ainsi brusquement interrompues... sur une exclamation mélancolique?

« Édouard Mansion me regardait dans les yeux.

« — Alors, vraiment, fit-il, vous vous intéressez un peu à l'histoire de mes amours avec ma bonne Pauline?...

— « Mais certes!

« — Vous ne me trouvez pas... idiot... pour la première fois que j'ai le plaisir de causer avec vous, de prendre cette histoire pour sujet de conversation? Enfin, vous me le promettez, vous ne vous moquerez pas trop de moi demain, en vous rappelant cette soirée ?

« — Qu'ai-je besoin de vous faire semblable promesse? Rien en moi, depuis que je vous écoute, a-t-il pu vous donner à supposer que le sujet de conversation que vous aviez choisi me paraissait ridicule ou seulement ennuyeux? Vous me contez vos amours... un autre jour je vous conterai les miennes... Ainsi que vous le disiez, d'ailleurs, en commençant, autant causer de cela que d'autre chose, parbleu !...

« — Décidément, vous êtes un homme charmant, s'écria Édouard Mansion, et je suis plus que jamais enchanté de vous avoir rencontré. Vous me plaisez... vous m'allez... je veux devenir votre ami, comme vous deviendrez le mien, je l'espère...

« Et, pour vous témoigner, dès cet instant, ma confiance en votre sympathie présente, en votre affection prochaine, je vais achever mes confidences... sous forme de quasi-confession... et vous demander... — quand vous connaîtrez la cause de mon chagrin... de mes remords, soyons franc... — un conseil sérieux que... je tâcherai de suivre...

« Édouard Mansion était devenu grave.

« — Oh! oh! repris-je, mais nous tournons au noir, ce me semble. Quelle faute, quel crime avez-vous donc à vous reprocher dans vos rapports avec votre chère Pauline, qui nécessite que vous prépariez avec tant de soin votre... confesseur?

« Édouard Mansion secoua la tête.

« — Ne riez pas, dit-il, je suis plus coupable que vous ne le pensez... et j'ai d'autant moins droit à votre indulgence que, chaque fois que j'ai commis quelque sottise, j'ai toujours eu conscience du mal que je faisais... sans pouvoir m'empêcher de le faire.

« — Ceci dénoterait une extrême faiblesse, sans doute, mais ne prouverait pas que vous manquez de cœur. Voyons! d'après le repentir que vous manifestez, je crois, sans me montrer bien perspicace, pouvoir supposer que le penchant à l'inconstance... le goût pour les *amours buissonnières*, — suivant l'expression d'un aimable écrivain de mes amis, — sont pour les trois quarts dans la cause de ces méfaits?

« Un nouveau soupir s'échappa des lèvres d'Édouard Mansion.

« — Vous avez deviné, repartit-il d'un ton lugubre. Je suis l'inconstance faite homme. Je ne puis voir une femme sans la désirer... et comme j'en vois beaucoup...

« — Vous trahissez souvent votre maîtresse.

« — Oui... et cela m'afflige, cela me désole, je vous le répète... parce que... — c'est assez difficile à admettre ce que je vais vous dire là, mais c'est la vérité pourtant, — parce que, tout en aimant toutes les femmes, je n'en aime toujours qu'une...

« — Votre Pauline, naturellement?

« — Oui, ma Pauline... pour laquelle je donnerais ma vie... et qui... en dépit de mes bonnes intentions, a à souffrir chaque jour de mon abandon... de mon ingratitude... de ma lâcheté!

« Édouard Mansion s'était animé en prononçant ces paroles; il poursuivit sur le même ton :

« — Vous parliez de mon cœur, il n'y a qu'une minute, mon cher Spindler. Eh! sans doute, j'ai un cœur, et, sans me vanter, je l'ai montré cent fois en compatissant aux grandes douleurs, en m'enthousiasmant aux grandes idées, en applaudissant aux grandes œuvres, mais, à côté de cela, qu'est-ce donc que cette organisation étrange que la mienne, incapable de lutter contre la première fantaisie, le premier caprice? J'adore Pauline, elle qui a mangé avec moi le pain bis de la pauvreté, pleuré avec moi les larmes de la déception; je fais plus que de l'adorer, je l'estime, je la respecte... et je l'ai fait estimer et respecter de tous... de mes amis... de mon père et de ma mère eux-mêmes, qui la connaissent et la reçoivent chez eux comme leur fille! Eh bien! cette femme pour laquelle, encore une fois, je répandrais mon sang... je donnerais ma vie... je ne sais pas lui éviter une douleur! Je la sacrifie sans cesse à des créatures qui ne valent pas, réunies, un seul de ses cheveux! Tenez, tandis qu'on l'insultait, tout à l'heure, et que vous preniez généreusement sa défense, savez-vous ce que je faisais? Je causais avec une sorte de drôlesse... nommée Marianne Philippeaux... — Vous la connaissez... Tout Paris la connaît!

« — Marianne Philippeaux... une écuyère du Cirque?

« — Oui... une écuyère... assez jolie d'ailleurs... mais coquine, je le parierais, — c'est la seconde fois, ce soir, que je lui parle, — coquine à rendre des points à la petite X... des Variétés!

« Bref, par un exemple, vous pouvez juger de mon caractère; — *ab uno disce omnes*, comme nous disions au collége; — ma maîtresse est à quelques pas de moi, elle m'attend, et je m'arrête pour débiter des niaiseries à une sauteuse. Et tous les jours il en est de même! Ai-je promis à Pauline de la conduire au spectacle... j'arrive chez elle à minuit. Devons-nous aller nous promener ensemble... je la laisse toute une journée seule, sans même lui écrire un mot. Nous avions projeté, l'été dernier, un voyage en Suisse; nos malles étaient préparées. La veille du départ, je m'amourache d'une actrice des Folies-Dramatiques, et me voilà, envoyant le voyage au diable, qui passe mes journées dans le boudoir de mon actrice, et mes soirées dans les coulisses de son théâtre!...

« — Mais que dit Pauline de tout cela?

« — Ce qu'elle dit; ah! je vous attendais là pour vous donner une idée complète de ce que ma conduite a d'odieux! Pauline, quoi que je fasse, mon ami, Pauline ne me dit jamais rien. Jamais! Jamais un mot de reproche, jamais une plainte ne sort de ses lèvres! Quand je suis resté, quelquefois, huit ou dix jours loin d'elle, c'est tout au plus, en me revoyant, si elle permet à ses yeux, rougis par les pleurs, par l'insomnie, de m'adresser un furtif et rapide regard de tristesse. Pris de remords, souvent, en face de tant de résignation, de bonté, j'ai été sur le point de solliciter à genoux un pardon... dont je me jugeais indigne. Mais avant que ma bouche ne s'ouvrît pour exprimer ma pensée, Pauline, comme si elle eût deviné cette pensée, s'empressait de la refouler en moi par un baiser, par une caresse !... Et ce baiser, cette caresse semblaient me dire : Tais-toi! T'accorder ton pardon, ce serait reconnaître que je t'ai su coupable. Tais-toi! tu es près de moi, j'oublie tout. Tais-toi! je t'aime! Je ne sais rien, je ne veux rien savoir.

. . . .

« Tout en causant ainsi nous étions arrivés, sans nous en apercevoir, Édouard Mansion et moi, dans les Champs-Élysées, aux environs de l'Arc-de-Triomphe.

« Cependant l'heure s'avançait; le ciel s'était chargé durant notre promenade; il eût donc été imprudent de la poursuivre plus loin.

« — Vous avez raison, fit Édouard, qui me vit lever la tête; il va pleuvoir, et il doit être tard; et, sous prétexte d'écouter mes billevesées, il n'est nécessaire ni que vous attrapiez un rhume, ni que vous passiez la nuit dehors.

« — Oh! je n'ai pas peur de la pluie... et je ne suis pas pressé de rentrer... seulement...

« — Seulement, où demeurez-vous?

« — Rue Richer.

« — Tiens! Et moi, rue d'Enghien; nous sommes presque voisins. Eh bien! retournons chez nous. Voulez-vous que nous prenions une voiture?

« — A quoi bon, tant qu'il ne tombera pas d'eau? Et puis, en voiture, on ne peut pas causer aussi bien.

« — Ah!... Alors, franchement, il ne vous est donc pas désagréable de continuer cet entretien?

« — Mais, encore une fois, pourquoi cela me serait-il désagréable? D'ailleurs, au bout de ce résumé de vos amours avec Pauline, n'aviez-vous pas compté sur un conseil de ma part?

« — Si, vraiment. Parlez, parlez! Mon bavardage vous a suffisamment appris, je pense, quel homme je suis, mon cher Spindler... et quelle femme est ma Pauline. Parlez donc, quel moyen voyez-vous de trancher dans le vif d'une situation stupide et cruelle tout à la fois?

« — Mais ce moyen est des plus simples... si simple que vous n'avez certainement pas attendu que je vous le conseillasse pour y songer.

« — Comment cela?

« — Voyons, vous aimez Pauline de toute votre âme; vous faites mieux que de l'aimer... vous l'estimez, vous la respectez... et vous l'avez rendue estimable et respectable pour tous... même pour votre père et votre mère... ce qui est une grande preuve de la valeur réelle de cette jeune femme. Eh bien! d'après vos propres sentiments... si votre maîtresse est du nombre de celles, d'espèce rare, auxquelles il est de notre devoir de donner un jour notre nom, en récompense d'un dévouement sans bornes, d'une tendresse infinie, exécutez-vous donc... Qui vous arrête? Vous êtes libre... votre position d'artiste vous met au-dessus de certains préjugés... de certaines lois du monde... épousez votre maîtresse... épousez-la demain. Du moment où vous lui aurez donné le droit d'habiter sous la même clef que vous, vous y regarderez à deux fois avant de la tromper, de la délaisser. Vous avez du feu dans les veines; jetez sur ce feu l'eau sainte du mariage. La soif du plaisir vous entraîne... enchaînez-vous par le devoir. Ce que je vous conseille aujourd'hui, vous l'accomplirez tôt ou tard. Pourquoi attendre, lorsqu'il s'agit du repos d'un être bien-aimé? Vous me l'avez dit encore : Pauline souffre de votre inconstance, et elle en doit souffrir d'autant plus qu'elle a le courage, en votre présence, d'imposer silence à sa douleur. Faut-il donc que la pauvre enfant, à bout de force, je dirai presque d'héroïsme, tombe un jour mourante à vos pieds, pour que vous vous décidiez à obéir à la voix de votre cœur? Réfléchissez-y. Vous êtes dans cette situation singulière d'un homme qui, possédant des tableaux de maître, reléguerait ces chefs-d'œuvre au fond d'un grenier pour orner son salon d'une foule de toiles plates et insignifiantes. Le jour où, rendu à la raison, cet homme voudrait restituer à ses véritables trésors la place usurpée par d'infimes copies, qui nous assure que cet homme n'aurait pas à déplorer amèrement les suites de sa trop longue erreur? Indépendamment du manque de soin qui altère même les chefs-d'œuvre, il y a aussi les voleurs, sans cesse à l'affût de ce qui est beau...

« Edouard Mansion tressaillit.

« — Assez! fit-il, assez! je vous ai compris, mon ami... vous voulez dire, n'est-ce pas, que Pauline peut se lasser de pleurer... seule...

« — Dame!... on se lasse bien quelquefois... de sourire à deux...

« — Oh! la perdre!... et la perdre par ma faute! — car enfin... si... on me la... *volait*... je n'aurais à accuser que moi de mon malheur!... ce serait affreux, et j'en mourrais!

« — Eh bien, pour ne pas mourir... par elle... prenez une détermination... vivez avec elle.

« — Sans doute... ce serait le meilleur parti... mais...

« — Mais quoi?

« — Oh! vous allez me taxer d'égoïsme, mon ami... mais je vous dirai encore... qu'indépendamment de mon fatal penchant pour les plaisirs faciles, j'ai été habitué aussi toujours, comme artiste, à une grande liberté d'action. Or, une fois marié, adieu ma liberté!... Mon Dieu! assurément, je ne suis pas de ceux qui croient que le mariage annihile l'intelligence... cependant, je ne vous le cache pas... il me semble, qu'obligé de vivre comme tout le monde, je ne serais plus ce que je suis. J'ai besoin d'air, d'espace. Les fumées du pot-au-feu me donneraient des nausées... l'aspect de ma femme reprisant mes chaussettes m'enlèverait l'inspiration...

« — Alors vous n'étiez donc pas de bonne foi tout à l'heure en me disant...

« — Que j'épouserais un jour Pauline... Si fait, j'étais sincère, très-sincère; seulement, je voudrais, je désirerais que ce mariage n'eût lieu que dans... une dizaine d'années, lorsque ma réputation, ma position seraient tout à fait établies...

« — Oui; et lorsque, fatiguées de croquer des noisettes, vos dents ne seraient plus bonnes qu'à mâcher des pommes cuites!

. . . .

« Nous étions faubourg Poissonnière, au coin de la rue d'Enghien.

« — Tenez, dis-je en tendant la main à mon compagnon, ce qu'il résulte de plus clair pour moi de cette conversation, c'est que j'ai le plaisir, maintenant, de me croire au nombre de vos amis, et qu'à ce titre, avec votre permission, je me hasarderai de temps à autre à vous rendre une petite visite.

« Moitié souriant, moitié décontenancé de la façon quelque peu railleuse dont je rompais un entretien qui avait eu la prétention d'être sérieux, Édouard Mansion serrait ma main sans me répondre.

« — Allons! poursuivis-je, touché de son embarras, ne m'en veuillez pas, mon cher Édouard. Comme disent les bonnes gens : Paris ne s'est pas bâti en un jour. Pécheur endurci et, pourtant, déjà touché de la grâce, vous n'avez pu être converti du premier coup. J'y essaierai une autre fois, je vous le promets.

« Édouard Mansion bondit vers moi.

« — Bien vrai, s'écria-t-il, bien vrai! vous ne me considérez pas absolument comme un fou... qui ne vaut pas la peine qu'on s'occupe de lui?

« — Mais non, sans doute.

« — Alors vous viendrez me voir bientôt?

« — Oui.

« — Quand cela?

« — Après-demain...

« — Bon!... Et nous causerons encore de Pauline?

« — Nous causerons encore de Pauline, et beaucoup.

« — Très-bien! A après-demain, donc! Vous verrez, j'aurai réfléchi à ce que vous m'avez dit ce soir... et peut-être... Mon Dieu! n'est-il pas vrai, le pot-au-feu a aussi son charme... et ceux qui en médisent...

« — Sont ceux qui, à force de dîner tous les jours au restaurant, n'ont plus le goût assez fin pour apprécier la saveur du bon bouillon; voilà tout.

. . . .

« Édouard Mansion s'était éloigné; je m'en revins chez moi, rêvant à la bizarrerie de caractère de cet homme, n'aimant réellement qu'une femme et la trompant sans cesse; tout prêt, au premier mot, à donner sa vie pour une maîtresse respectée, et incapable de lui donner le bonheur; jaloux de cette maîtresse... désolé à la seule idée de la perdre... et l'abandonnant continuellement à elle-même.

« Le surlendemain, selon ma promesse, je me rendais chez Édouard Mansion.

« Il était absent.

« Je laissai mon nom, en promettant de revenir. — Il faut être indulgent avec ceux qu'on veut aimer.

« Mais, lors d'une nouvelle visite, trois jours plus tard, je ne le trouvai pas davantage.

« Cette fois je m'en étais allé assez froissé. Je me disais, et à raison, qu'Édouard Mansion abusait un peu de ses prérogatives de cerveau brûlé, et que, pour professer une passion invétérée pour tous les cotillons en général, un homme bien élevé n'en doit pas moins rester un homme bien élevé, sachant subordonner ses plaisirs aux lois de la politesse.

« Huit jours s'écoulèrent; je m'étais juré de ne pas retourner chez Edouard Mansion avant d'avoir reçu un mot d'excuse de lui.

« Un soir que je causais au foyer du Gymnase avec quelques peintres de mes amis, l'un d'eux prononça le nom de notre charmant compositeur.

« — Ah! dis-je, Édouard Mansion! Que fait-il? Est-ce qu'il répète quelque part quelque nouvel opéra?

« — Un nouvel opéra, ah bien! oui! il s'occupe bien de musique! Vous ne savez donc pas la nouvelle?

« — Quelle nouvelle?

« — Mais il est avec la petite Irma, une danseuse de la Porte-Saint-Martin. Voilà quinze jours qu'ils ne se quittent pas!

« Quinze jours! Par conséquent, c'était le lendemain même de notre entretien qu'Édouard Mansion avait contracté une nouvelle liaison.

« — Allons! pensai-je, le malheureux est affligé de la maladie de l'inconstance passée à l'état chronique. Les conseils de l'amitié, non plus que les larmes de l'amour, ne sauraient le guérir. Que son sort s'accomplisse... et que le plaisir lui soit léger!

X

« Je vous l'ai dit, ma rencontre avec Édouard Mansion, et la conversation qui s'en était suivie, avaient eu lieu un an, à peu près, avant l'instant où j'en suis resté de mon histoire, — c'est-à-dire le jour de mon retour de Provins à Paris, — et, depuis cette rencontre, je n'avais jamais revu Édouard Mansion...

« Donc en entendant Joseph prononcer son nom, en apprenant surtout quelle était cette Pauline qui habitait cette maison, je ne pus retenir une exclamation de surprise.

« — Ah! m'écriai-je, mademoiselle Pauline Didier est ma voisine! Et depuis quand?

« — Depuis le surlendemain du départ de monsieur pour l'Italie... depuis le commencement de juin. Il y avait un logement vacant dans la maison... mademoiselle Pauline est venue le visiter avec M. Édouard Mansion, et ça a été une affaire bâclée tout de suite. Oh! M. Édouard Mansion est un gaillard qui n'est pas long à se décider, à ce qu'il paraît, quand une chose lui plaît.

« — Oui... il a assez cette réputation!... Et, puisque tu causes avec mademoiselle Pauline, tu dois être au courant de cela: M. Édouard Mansion, en louant pour sa maîtresse dans cette maison, savait-il que j'y habitais?

« — Non, monsieur, oh! non, ce n'est guère que depuis trois semaines qu'il le sait... par la jeune dame... qui, elle même, l'a appris par hasard... en recevant un journal qui vous était destiné. Elle a vu votre nom sur la bande, et a rapporté le journal ici... et elle s'est informée près de moi si vous étiez bien M. Théodore Spindler, le peintre, — et, comme elle est aussi polie que jolie, je n'ai pas pensé que...

« — Enfin, que t'a-t-elle dit alors?

« — Mais elle m'a dit qu'elle avait l'avantage de connaître un peu monsieur... puis elle m'a demandé si monsieur serait longtemps en voyage, etc., etc... Oh!

tout cela gentiment, plutôt par manière de causerie que comme affaire de curiosité. Je lui ai conté que monsieur avait eu bien du chagrin par suite de la mort de son père... que c'était même pour cela que monsieur avait quitté Paris... et, vrai! c'est à cette occasion surtout qu'elle m'a plu, car elle s'est écriée d'un ton si doux, en apprenant votre malheur: « Pauvre jeune homme! » que j'en ai été tout remué. Bref, voilà comment j'ai fait connaissance avec cette jeune dame, monsieur, et, à compter de ce jour, chaque fois que nous nous sommes croisés dans l'escalier, elle n'a pas manqué de répondre à mon salut et de me demander des nouvelles de monsieur... parce que je lui avais dit encore que monsieur m'écrivait quelquefois.

« — Et Édouard Mansion, est-ce que tu l'as vu aussi, lui? Est-ce qu'il t'a parlé de moi?

« — Je l'ai vu, souvent, oui, monsieur, très-souvent. Oh! il ne se passe pas une journée sans qu'il vienne chez sa... dame, ce M. Édouard Mansion... — un musicien, un musicien fameux, à ce qu'il paraît, n'est-ce pas, monsieur? — Mais il ne m'a jamais parlé, lui, non, jamais! Oh! il a toujours l'air si préoccupé, si pressé, quand il monte ou descend... on dirait qu'il est poursuivi.

« — Très-bien! merci!... Laisse-moi reposer un peu maintenant, Joseph.

« — Je me sauve, monsieur... Et, comme ça, franchement, monsieur n'est pas fâché que je sois allé emprunter un verre de limonade à sa nouvelle voisine?

« — Non! je ne suis pas fâché du tout. — Quelle heure est-il à présent?

« — Trois heures, monsieur.

« — Tu reviendras m'habiller à cinq, entends-tu?

« — Il suffit, monsieur.

« Joseph n'était plus là. La fatigue m'accablait, je ne tardai pas à m'endormir. Était-ce qu'en fermant les yeux j'avais l'esprit préoccupé de ce que mon domestique venait de m'apprendre, mais, dans le rêve que je fis alors, je vis passer, réunies, l'image de Pauline et celle de Louise. Par une bizarrerie qui me frappa au réveil, Pauline se trouvait être, dans mon rêve, l'amie de Louise. Elles se promenaient toutes deux, devant moi, la main dans la main... toutes deux en costume de mariées... toutes deux rayonnantes de bonheur.

« *Songes, mensonges,* » dit le proverbe. Mais le proverbe ne se trompe-t-il pas? Pourquoi, tandis que notre âme, seule, veille dans notre cerveau engourdi, une puissance supérieure ne nous enverrait-elle pas quelques avertissements utiles sous la forme de visions?...

« Quoi qu'il en soit, en me réveillant, au bruit que fit Joseph en rentrant dans mon atelier, je souriais à ce tableau des deux femmes, me disant dans un regard affectueux : « Il faut nous aimer toutes deux!... »

« Et je suis persuadé encore, à l'heure qu'il est, que l'impression qui me resta de ce rêve fut pour beaucoup, comme influence, dans la façon dont je me conduisis dans les événements que je vais vous raconter.

. . . .

« Ces deux heures de sommeil m'avaient fait du bien; je m'habillai en un clin d'œil, aussi disposé maintenant, que je l'étais peu en débarquant du chemin de fer, à supporter légèrement mes deux mois d'exil à Paris.

« J'avais coutume, depuis longtemps, — au sortir de mon atelier, et avant de me rendre, pour dîner, à mon restaurant habituel, rue de Richelieu, — de remonter les boulevards jusqu'aux petits théâtres : exercice qui, indépendamment de son avantage apéritif, avait encore celui de me procurer, parfois, la rencontre de quelque connaissance, de quelque confrère disposé à me servir de compagnon de table.

« J'atteignais le boulevard Bonne-Nouvelle, à la hauteur de la rue Mazagran, lorsque je m'entendis appeler du côté de la chaussée.

« La personne qui m'avait hélé ainsi familièrement était un homme de grande taille, à la mise élégante, qui venait de descendre de coupé, en face du bazar. Je ne pouvais encore distinguer les traits de cet homme, occupé qu'il était de payer son cocher, cependant sa tournure ne m'était pas inconnue...

« Enfin, il se retourna.

« C'était Édouard Mansion.

« Avant que je n'eusse eu le temps de prononcer un mot, Édouard était près de moi; il m'avait pris le bras, et, m'entraînant vers un café voisin :

« — Oui, c'est moi, c'est bien moi, mon cher Théodore! s'écriait il; je suis un manant, n'est-ce pas? moins qu'un manant, un crétin, qui n'a pas su profiter de vos bonnes intentions à son égard, et qui mériterait aujourd'hui qu'on lui tournât impitoyablement le dos! Mais je vous tiens et ne vous lâche pas!... Grondez-moi! battez-moi, même... je me laisserai faire! Mais quand votre colère se sera assouvie, vous m'écouterez un peu, oh! rien qu'un peu, et, en face de la joie qui me déborde, vous êtes un si aimable garçon, que vous ne continuerez pas une minute à me garder rancune! — Garçon! hé! garçon! — Qu'est-ce que vous prenez, Théodore? de l'absinthe ou du bitter?... du bitter avec un peu de curaçao, n'est-ce pas... comme moi?... ça vaut mieux que cette exécrable boisson qu'on fabrique, je crois, avec du vert-de-gris emprunté aux casseroles des cuisines de Bicêtre et de la Salpêtrière. Eh! eh!... deux bitters, garçon! — Et, pourtant, aujourd'hui, voyez-vous, Théodore, j'en boirais un litre, d'absinthe, je parie, sans me griser. Oh! c'est qu'il y a de ces moments, n'est-il pas vrai, où l'ivresse est impossible!... Les moments où l'on est content de soi!... Ce bon Théodore... combien y a-t-il de temps que nous ne nous sommes vus... un an, hein? Oui, il y a bien un an!... Ce qui ne m'a pas empêché souvent de penser à vous, surtout depuis ces derniers mois que Pauline loge dans votre maison! Au fait, vous arrivez de voyage. Vous êtes-vous bien amusé en Italie? Vous me conterez cela, n'est-ce pas, ce soir, après-dîner? Car nous dînons ensemble, il le faut... et, si cela ne vous contrarie pas, nous dînons, devinez où? Chez mon père et ma mère, tout patriarcalement. Pauvres gens! je leur dois bien cela, d'ailleurs! voilà si longtemps que je les néglige! Enfin, nous dînons chez mon père... L'entrecôte et les pommes de terre de la famille, ça me remettra l'estomac... puis... puis... — oh! c'est là que je vous attends, mon cher Montor, mon aimable Tiberge... — puis, nous irons finir la soirée chez Pauline... ma chère petite Pauline... qui, en vous voyant avec moi, va comprendre tout de suite que les mauvais jours sont morts... morts sans retour!...

« Édouard Mansion parlait de la sorte, mettant, pour ainsi dire, les phrases doubles pour aller plus vite, et je le regardais en souriant, ne devinant pas encore le sujet de sa joie, mais certain déjà, d'instinct, que cette joie ne pouvait rien avoir que de louable, puisque, dans ses transports, elle exaltait deux religions saintes : celle du foyer paternel, celle du repos d'une femme aimée.

« — Voyons, mon cher Édouard, dis-je, je ne demande pas mieux que de reléguer dans l'oubli cette longue année, qui vient de s'écouler sans avoir reçu de vous signe de vie, — en dépit de votre serment solennel, spontané, de me traiter comme votre ami, votre confident intime, votre conseil! — mais, pour vous pardonner le passé, encore faut-il que je sache en quoi et comment vous avez mérité d'être pardonné? Quel fatal et immense édifice de folies aviez-vous donc élevé, dont l'écroulement accompli vous rende si fier?

« La physionomie d'Édouard Mansion s'était subitement rembrunie.

« — Il est vrai, fit-il, mon cher Théodore, mon devoir pour acquérir quelques titres à votre générosité est de vous avouer, tout entière, ma faute... mes fautes... et tel était aussi mon désir, lorsque j'ai couru à vous tout à l'heure...

« Cependant, au moment d'entamer... le chapitre des explications... je ne sais quoi m'arrête et me glace. Est-ce la peur de ne pas être complétement guéri de mon mal?... Non!... c'est la honte d'avoir pu si longtemps être malade! C'est le dégoût, au souvenir des phases diverses de ma misérable passion!

« — Votre passion! Oh! oh! voilà un mot un peu violent pour qualifier quelque méchante amourette!

« — Le mot n'est pas exagéré, il n'est que juste!

« — Enfin, s'il vous en coûte tant, mon ami, de vous occuper de ce sujet, laissons-le. Je ne suis pas un prêtre à qui l'on est forcé de montrer son cœur à nu. Il me suffit de vous savoir guéri.

« Édouard Mansion me serra la main. Ses traits avaient repris leur sérénité.

« — Après tout, dit-il, sans m'appesantir sur les détails, je puis bien vous esquisser mon existence depuis tantôt un an que nous avons eu ensemble ce sage entretien... qui devait si peu me profiter. En premier lieu, le jour où je vous avais donné rendez-vous chez moi, je me suis laissé débaucher par une invitation à déjeuner... où j'ai fait la connaissance d'une petite danseuse...

« — Mademoiselle Irma, de la Porte-Saint-Martin?

« — C'est cela!... Une drôle de fille... jolie comme les amours... gaie comme un pinson. On assure que les danseuses sont bêtes... c'est un bruit que font courir les chanteuses; Irma est une des femmes les plus spirituelles que j'aie connues... dans un certain monde, s'entend!

« — Bref, vous voilà épris de mademoiselle Irma... la Sévigné des danseuses! Votre amour prend des proportions gigantesques. Vous lui sacrifiez tout, et ce n'est qu'aujourd'hui que vous vous apercevez enfin que vous avez dépensé beaucoup trop de temps et d'argent pour une demoiselle qui se fût très-volontiers contentée de quinze jours et de quinze louis.

« — Hein? non; vous n'y êtes pas, Théodore; je n'ai pas gardé non plus la petite Irma plus de quinze jours; mais le malheur a voulu qu'Irma eût une amie... et que cette amie fût cette Marianne Philippeaux... avec laquelle, vous vous le rappelez, je causais, passage de l'Opéra, tandis que vous rondiniez le chenapan qui avait insulté Pauline.

« — Ah! ah! De la danseuse vous passez à l'écuyère. Hum! c'était déchoir. D'habitude, ces dames du Cirque ne sont possibles qu'au Cirque. Mais, après?...

« — Après! Ah! mon ami, c'est ici qu'il est nécessaire que je baisse la voix et le front. Dites-moi, vous êtes comme tout le monde, n'est-ce pas, vous, mon cher Théodore? Pour vous, Marianne Philippeaux est une femme ordinaire?...

« — Comment! Serait-ce encore une Marion Delorme ou une Ninon de Lenclos au petit pied que cette demoiselle, dans le genre de son amie Irma la danseuse? Sapristi! mais décidément alors vous étiez par trop en veine de trouvailles, mon pauvre ami, et je commence déjà à vous plaindre au lieu de vous accuser!

« — Hélas! Théodore, ce n'est point par son esprit, par sa gaieté, non plus que par sa beauté, que Marianne m'a séduit, elle. Son esprit... est à peu près nul : du bagou, comme toutes ces créatures; sa gaieté... est triste... Quant à sa beauté... vous la connaissez... ce qu'elle a de mieux dans la figure... c'est la jambe.

« — Bah! Et c'est cette jambe qui vous a tenu accroché à sa jarretière pendant un an?

« — Attendez. Ce qui fait que Marianne Philippeaux, sans esprit, sans beauté, sans gaieté, est une maîtresse dont on ne peut plus se séparer, — lorsqu'elle le veut bien, — c'est...

« — C'est?

« Édouard Mansion parut se consulter une seconde; il reprit :

« — Non, tenez, mon ami, tout réfléchi, je rougirais, — je rougis déjà, voyez, — s'il me fallait, à cette heure, en plein soleil, vous dévoiler les mystères de cette liaison étrange. Qu'il vous suffise de savoir que Marianne avait réussi à prendre sur moi un tel ascendant, que, durant onze mois, j'ai consenti, par elle et pour elle, à devenir l'homme le plus stupide, le plus ridicule! Marianne allait m'affichant partout, célébrant sur tous les tons la tendresse effrénée qu'elle m'avait inspirée, — disait-elle, — et qui me rendait son esclave... et je n'avais ni le courage de me fâcher du rôle idiot qu'elle me faisait jouer, ni la force de lui dire, à elle, comme je le disais à d'autres, comme je me le disais à moi-même, que cette domination dont elle se targuait m'était insupportable! Et remarquez avec quelle adresse ce démon, — c'est le seul nom qu'on puisse lui donner, — *le démon de l'alcôve!*... oui, voilà son véritable nom! — remarquez quelle rare habileté Marianne avait su déployer pour m'empêcher de lui échapper : Marianne n'ignorait pas que j'avais depuis huit ans une maîtresse, devenue une amie : près de laquelle, à défaut de mon corps, trop souvent égaré, vivait toujours mon cœur. Que fit Marianne dès les premiers jours de notre intimité? — « Vous n'abandonnerez jamais votre Pauline, me dit-elle, vous ne pouvez pas l'abandonner. Pauline est votre femme de fait, si elle ne l'est encore de droit... et c'est justice... car tout le monde apprécie son dévouement, sa fidélité. Eh bien! j'entends que votre affection pour un objet si digne ne souffre en rien d'un amour... qui s'éteindra, pour votre part, au premier souffle d'orage. Je vous aime pourtant aussi de toute mon âme, Édouard. Oh! je vous aime tout autant peut-être que vous aime votre Pauline! Mais je ne m'illusionne pas sur ma valeur, sur ma position. C'est assez, pour moi, courtisane, de quelques moments de félicité... mon devoir, en échange de cette félicité, est de me soumettre à certaines exigences. Ne craignez donc point que je veuille vous séparer de votre maîtresse! Craignez moins encore que je cherche à l'affliger en me posant comme sa rivale. Je suis le caprice, elle est l'amour sérieux! Le jour où vous me direz : « Va-t'en! » je partirai. Et ce jour-là, dussé-je en mourir... personne, pas même vous... pas même *elle*, ne me verra pleurer. »

« Oh! mon ami! Et dire qu'il y a des instants dans la vie où l'on peut entendre prononcer de telles phrases sans hausser les épaules à en renverser les plafonds! Dire qu'au contraire, en ces instants, on prend ces grands mots creux pour le langage poétique de la passion, et que, ce qu'on devrait punir d'un éclat de rire de pitié, on le récompense d'un remercîement! Non, certes, Marianne n'essaya pas de s'attaquer à Pauline; elle avait trop bien compris que, toucher seulement du doigt à mon idole, c'était me frapper en pleine poitrine, — et elle tenait à me conserver intact. — Mais, si elle me laissa voir chaque jour ma maîtresse, elle sut aussi s'arranger en sorte de ne point passer vingt-quatre heures éloignée de moi. A Pauline les jours... à Marianne les soirées, les nuits! Les soirées, employées à m'exhiber de toutes parts, avec elle, dans les restaurants, à la promenade, au théâtre...— comme un cornac exhibe la bête qu'il a domptée. — Les nuits... les nuits à éteindre, dans ses bras, les aspirations de ma pensée.

« Car cela est triste à reconnaître, Théodore, mais pendant un an que j'ai été l'amant de Marianne, je n'ai pas écrit une ligne... pas une note! J'en étais tombé à ce degré d'abrutissement que la gloire, les succès de mes confrères, me semblaient chose toute naturelle et qui ne pouvait m'inquiéter. Oh! puisque je n'étais plus jaloux, je n'étais donc plus un artiste! Ai-je raison? L'artiste n'est-il pas comme l'amant? N'a-t-il pas besoin, pour *être*, de ce feu qui l'excite, non pas à envier le talent des autres, mais à tenter de le surpasser? Mes amis me grondaient... mes ennemis se taisaient; — ceux-là, je ne leur portais plus ombrage; — je demeurais indifférent aux reproches des uns, au silence des autres. D'ailleurs, à force de jeter l'or à poignées pour satisfaire aux moindres désirs de Marianne, je m'étais formé un petit cénacle d'intimes, — des gens que je ne saluerai pas demain,— qui, serinés à cet effet par mon démon, ne m'abordaient que pour vanter mes mérites et me parler de mon avenir!...Comme si, en restant l'amant de Marianne, j'avais encore un avenir!

« Enfin, — c'était avant-hier, — une occasion s'est présentée de rompre avec un état de choses qui ne pouvait durer plus longtemps sans m'annihiler, pis encore, sans me déshonorer complétement. Je le confesse, je n'eusse pas été capable de provoquer cet événement, tant mon âme, à force de se vautrer dans la fange, y avait perdu de son élasticité, de son énergie. Cependant, aux effluves du grand air qui pénétraient à travers les barreaux de ma cage, je sentis aussitôt que tout n'était pas mort encore en moi... et je me relevai, prêt à m'élancer vers cette chère liberté qui me souriait.

« Je m'explique en deux mots, maintenant, mon cher Théodore.

« Avant-hier donc, Marianne me pria de lui acheter un châle qu'elle désirait. Je lui répondis que je ne lui achèterais pas ce châle, au moins pour le moment, parce que je n'avais pas d'argent. De là bouderie, qui se termina par une scène assez violente, dans laquelle je prouvai, *par A plus B*, à Marianne, que ce n'était pas en m'empêchant de travailler que je pouvais lui donner tous les jours des toilettes nouvelles.

« Marianne employa-t-elle la journée d'hier à s'assurer que je ne possédais plus, en effet, ni argent, ni crédit, et les gens près desquels elle s'informa m[...] rendirent-ils le service de la renseigner si mal qu'elle me crut réellement à bout de ressources? Je l'ignore. Ce qu'il y a de positif, c'est que je ne la vis pas hier...

« Et qu'aujourd'hui, — tenez, je sortais de chez elle, quand je vous ai aperçu, — et qu'aujourd'hui, elle m'a déclaré — en pleurant! oh! elle pleure comme elle veut! — que, plutôt que de continuer de m'être à charge plutôt que d'entraver ma carrière, elle préférait me dire un adieu éternel.

« Je lui ai serré la main; elle a serré la mienne... et tout a été dit!... tout!... Oh! mon Dieu, nous nous sommes quittés aussi vite que nous nous étions pris!... Franchement, je ne me serais même pas attendu à tant de cynisme de la part de cette femme, me prouvant... par cette rupture brutale... qu'elle m'avait menti en me disant qu'elle m'aimait. J'aurais cru qu'elle y mettrait plus de formes.... plus de diplomatie!...

. . . .

« Édouard Mansion s'était arrêté, pensif.

« — Il semblerait, lui dis-je, que vous soyez fâché que Marianne n'ait pas, au moins, un peu pleuré en vous quittant?

« Il rougit jusqu'au blanc des yeux.

« — Allons! vous raillez, mon ami, répliqua-t-il vivement.

« — Non. Seulement je trouve que ce chant de triomphe, si largement entonné, a des allures, à son déclin, de chant de regret.

« Cette fois Édouard Mansion se redressa.

« — Regretter Marianne, moi! reprit-il; ah! mon cher Théodore, vous m'estimez bien peu! Eh quoi! comme un forçat qui vient de s'échapper du bagne, j'accours à vous, ravi, transporté, et vous supposez que je ne suis pas de bonne foi dans l'expression de mon bonheur!...

« J'aurais pu répondre à Édouard Mansion que sa comparaison péchait par la base; que, souvent, fort souvent, — les registres de l'arsenal de Toulon sont là pour en témoigner, — un forçat ne s'échappe que dans le but de se faire reprendre bientôt, et réintégrer, avec augmentation de temps de peine, dans ce bagne où il est habitué à vivre, — comme un rat dans son égout.

« Mais je me tus : toutes vérités ne sont pas bonnes à dire, même aux forçats de l'amour.

« — Non, continua Édouard Mansion, — qui interpréta à son avantage mon silence, — non, je ne suis pas assez fou, croyez-le bien, Théodore, pour ressentir l'ombre d'un chagrin à la suite d'une séparation que je demandais chaque jour au ciel depuis deux mois! Si... malgré moi... en songeant à la façon dont Marianne m'a quitté, j'ai pu... m'étonner quelque peu... c'est que...

« — C'est que?...

« Édouard partit d'un éclat de rire.

« — Eh bien! reprit-il, ne sommes-nous pas tous les mêmes... toujours! Vaniteux là où nous devrions être humbles? Je m'étais imaginé que Marianne m'aimait... plus qu'elle ne m'aimait, là!... Me comprenez-vous? Car, enfin, une femme peut être la plus grande drôlesse du monde et avoir un brin de cœur! Or, d'après ce qui s'est passé tout à l'heure, je comprends que je m'étais abusé... que Marianne ne voyait en moi qu'un sac d'écus.

« — Et cette conviction vous humilie?

« — Oui... je ne le cache pas... c'est une honte de plus pour moi d'être obligé de reconnaître que je n'ai pas eu, au moins, l'ombre d'une supériorité sur mes prédécesseurs dans les bonnes grâces de mademoiselle Marianne! Pouah! être assimilé au premier boursier venu, au premier quart d'agent de change, c'est triste!... — Enfin!

« Édouard Mansion s'était levé.

« — Voilà cinq heures et demie qui sonnent! continua-t-il, en route; allons dîner. La farce est jouée... une farce où j'ai tenu l'emploi de Jocrisse... il s'agirait maintenant de rentrer dans la comédie sage et honnête, la comédie à laquelle tous les braves gens applaudissent : celle qui a l'honneur pour base et la gloire pour dénouement.

« Et je compte sur vous, vous savez, Théodore, pour m'aider à reprendre mon rôle dans cette comédie-là.

« — Pour vous aider... comme il y a un an?

« — Allons! il y a un an, je ne sortais pas, comme aujourd'hui, des griffes du *démon de l'alcôve!*

« — Ah! ah! au fait, et l'explication de ce sobriquet singulier dont vous décorez Marianne, le moment est-il venu de me la donner, mon cher Édouard?

« Il secoua la tête en souriant.

« — Pas encore, dit-il. Cette explication rentre dans la catégorie de celles qu'on ne se permet qu'en temps et lieu... le soir, par exemple... au coin du feu... toutes les bougies éteintes.

XI

« Le père d'Édouard Mansion, — un ancien négociant retiré des affaires avec une petite fortune, — était un homme d'une soixantaine d'années, aux manières affables et gracieuses.

« Madame Mansion avait dix ans de moins que son mari. Elle était, comme lui, tout aimable.

« Quoiqu'il y eût près d'un mois qu'Édouard ne fût venu dîner à la maison paternelle, il y fut reçu comme si on l'y eût vu tous les jours. Quant à moi, il suffisait que je fusse l'ami de leur fils pour que M. et madame Mansion m'accueillissent à merveille.

« J'étais assis, à table, entre mes hôtes, et, tout en mangeant, je me plaisais à observer leur physionomie. A n'en point douter, M. Mansion était enchanté de la présence de son fils; cependant, chaque fois qu'il lui adressait la parole, je distinguais, en dehors de la douceur de son accent, une nuance de gravité particulière. Évidemment, le père de famille ne pouvait avoir oublié tout de suite les torts dont son enfant s'était rendu coupable, depuis quelque temps, à son égard, et, s'il ne voulait pas user de son droit de rancune, du moins il tenait à montrer à l'ingrat qu'il ne lui avait pas encore entièrement pardonné. Ainsi, à diverses reprises, il affecta de ne point tutoyer Édouard; ou bien encore, tandis qu'Édouard parlait, il prit à dessein un maintien indifférent, distrait. Édouard s'amusait fort de ces mines, de ce ton, et plus son père se tenait sur la réserve, plus il se faisait, lui, expansif et affectueux. Chaque fois qu'il avait réussi à dérider ce front, qui voulait en vain rester de marbre, on voyait sur les lèvres du jeune homme un sourire de satisfaction intime qui contrastait, de la manière la plus charmante, avec la contenance de victime, — ravie d'être violentée, — du vieillard.

« Quant à madame Mansion, elle n'y mettait pas tant de façons pour laisser éclater sa joie. Il y avait un mois qu'elle n'avait possédé son fils à sa table ; il était là, maintenant, assis en face d'elle; elle n'avait donc plus d'yeux, d'oreilles, de mains, que pour le regarder, pour l'entendre, pour le servir. De ma vie je n'ai rencontré une ressemblance si parfaite que celle qui existait entre Édouard et sa mère; c'étaient non-seulement les mêmes traits, le même galbe, mais aussi la même expression. Qui regardait l'un voyait l'autre. Or, on savait que, d'ordinaire, les gens qui se ressemblent au physique se ressemblent également au moral. Je suis loin de dire, à coup sûr, que madame Mansion pût être, comme inconstance de sentiments, comme légèreté de goûts, au niveau absolu de son fils; mais il est probable pourtant que cette nature de femme, si rapprochée, comme affinités, de cette nature d'homme, se trouvait, par suite de ces affinités mêmes, d'autant mieux disposée à une indulgence sans bornes. Dans les discussions entre son mari et son fils, madame Mansion, je le parierais, devait invariablement prendre parti pour son fils... quitte à reconnaître plus tard, dans le tête-à-tête, que c'était son mari qui avait eu raison.

LE DÉMON DE L'ALCOVE
PAR HENRY DE KOCK.

Edouard Mansion, chez Marianne.

« Au dessert, la conservation tomba sur les voyages.

« — J'y pense, me dit Édouard, voilà deux mois que vous avez abandonné Paris, Théodore. Où donc êtes-vous allé pendant ce temps? J'ai appris... par quelqu'un... qui s'est ménagé, à ce qu'il paraît, des intelligences avec vos serviteurs, qu'après avoir eu l'intention de vous rendre en Italie, vous vous étiez tout simplement retiré dans une petite ville de province... La personne en question m'a-t-elle bien renseigné?

« — A peu près. Je suis allé d'abord à Naples... mais je n'y suis resté que quelques heures.

« — Quelques heures! Ah bah! quelle idée!... Et pourquoi n'avez-vous fait que paraître et disparaître à Naples?

« — Parce que je m'y ennuyais.

« — C'est une raison... Et vous êtes revenu en France... de quel côté?

« — Dans le département de Seine-et-Marne... à Provins... à vingt-cinq lieues de Paris.

« — Mais c'est un trou, dit-on, que Provins! Qu'alliez-vous chercher par là?

« — J'allais rendre visite à un ancien ami de mon père.

« Guidé par un instinct qui me portait à ne point prononcer le mot *mariage* devant son père et sa mère, je ne voulais point dire encore à Édouard Mansion comment j'avais employé mon temps à Provins; l'imprudent m'y contraignit.

« — Ah! vous étiez chez un ancien ami, reprit-il, c'est différent! Mais vous travailliez, alors, chez cet ami, ou il y avait aux alentours quelques beaux yeux qui vous captivaient, car vous ne me ferez jamais accroire qu'on s'installe à Provins, rien que pour y respirer le parfum des roses médicinales. Encore une fois, un de mes amis, qui a passé par ce pays, m'a assuré qu'il était affreux!

« L'impatience commençait à me gagner. Les amoureux supportent difficilement qu'on offense, même sans désir réel d'offenser, les lieux où vivent les objets de leur amour.

« — Votre ami avait la migraine, sans doute, ou bien il faisait du brouillard lorsqu'il a passé à Provins, mon cher Édouard, répliquai-je; car je puis vous certifier, moi, que cette petite ville est fort agréable, à tous égards.

« Édouard me considéra, quelque peu étonné de la façon assez sèche dont je m'exprimais.

« — Pardon, mon cher Théodore, reprit-il, pardon! Je m'aperçois que j'ai froissé vos sympathies, et telle n'a pas été mon intention, je vous le jure. Mais que voulez-vous! Je suis tellement Parisien de la tête aux pieds, que je ne puis admettre qu'on vive huit jours loin de Paris... sans avoir la jaunisse! D'ailleurs, je suis peut-être maladroit aussi, en vous demandant, à propos de votre séjour à Provins, des renseignements qu'il ne vous convient pas de nous donner.

« — Mais certainement, fit M. Mansion père en lançant à son fils un coup d'œil qu'il essaya de rendre sévère, *vous* êtes là à tourmenter M. Spindler, avec *vos* questions... *vos* observations... et c'est au moins maladroit! Chacun est libre de résider où il lui plaît... et parce que *vous* n'avez jamais su, *vous*, trouver de charmes qu'à *votre* Paris, il n'est pas prouvé que tous les gens intelligents soient forcés de penser comme *vous*.

« Du moment que ma réponse à Édouard devenait un prétexte à blâme de la part de son père, j'aurais eu mauvaise grâce à ne pas ramener tout de suite la conversation sur un meilleur terrain; — et puis, madame Mansion, les lèvres pincées, me regardait en dessous, d'un air qui me disait si éloquemment : « Ah! pour la première fois que vous venez ici, vous faites gronder mon fils par son père, vous!... Eh bien, vous êtes gracieux! »

« — Oh! oh! repris-je en me tournant vers M. Mansion, mais tout ceci ne mérite pas l'importance que vous daignez y mettre, monsieur, et, s'il y a quelqu'un de maladroit en cette occasion, c'est moi, moi seul, qui, tout entier à un tendre souvenir, n'ai pas compris que les innocentes railleries d'Édouard sur mon engouement pour une pauvre petite ville de second ordre ne pouvaient en rien s'attaquer aux personnes... chez lesquelles j'ai vécu, deux mois durant, dans cette petite ville.

« Je suis de votre avis, Édouard... il n'y a que Paris au monde! Mais il n'y a pas qu'à Paris qu'on rencontre des jeunes filles charmantes... si charmantes... qu'on soit heureux de les épouser!

« — Comment! s'écria Édouard, — qui voguait de surprise en surprise, — que m'apprenez-vous là, Théodore! Il serait possible!... vous pensez à vous marier?

« — Je n'y pense pas... j'y ai pensé... et si bien pensé que mon mariage est arrêté, résolu, conclu.

« — Et vous avez trouvé votre femme à Provins?

« — Mon Dieu, oui!... Mais, rassurez-vous! Une fois ma femme, mademoiselle Louise Auclerc viendra demeurer à Paris avec moi, comme tout le monde! J'épouse mademoiselle Louise Auclerc, je n'épouse pas Provins!

« — Mais, en vérité, vous n'avez pas besoin de vous tant excuser, monsieur Théodore, fit M. Mansion père. Lors même que, pour être agréable aux parents de votre femme, vous habiteriez avec elle, quelques mois de l'année, la ville où résident ses parents, vous ne feriez encore là rien que de très-convenable... et il n'y a que les personnes... mal organisées... qui penseraient le contraire; — les personnes qui n'aiment par le mariage... les personnes qui ne conçoivent pas qu'on puisse être un grand artiste et avoir son ménage... comme un honnête et bon bourgeois.

« Un silence suivit ces paroles de M. Mansion père. Il ne fallait pas être sorcier pour comprendre le sens de ces paroles. Édouard, un peu déconcerté, tailladait machinalement un bouchon avec son couteau, tandis que, du genou, je lui disais : « Ce n'est pas ma faute! c'est la vôtre! Pourquoi m'avoir obligé à vous conter, ici, ce que j'étais allé faire là-bas! »

« Cependant, je l'ai dit, M. Mansion avait trop d'affection pour Édouard pour le laisser longtemps dans une situation embarrassante, — surtout, vis-à-vis d'un tiers.

« On apportait le café.

« — Parbleu! s'écria gaîment le vieillard, en débouchant avec précaution une bouteille recouverte d'une épaisse couche de poussière, parbleu! voici l'occasion ou jamais de goûter de certaine fine champagne, dont vous nous direz des nouvelles, monsieur Théodore. Aimez-vous la fine champagne?

« — Mais oui, monsieur.

« — Oh!... c'est que celle-ci a vingt ans de bouteille, voyez-vous. Te rappelles-tu, Édouard?... tu entrais au collége quand j'ai acheté un petit baril de cette eau-de-vie. En veux-tu une goutte, Madeleine? — Madeleine, c'était madame Mansion. — Bah!... un *extrà*... par hasard!... tu n'en mourras pas! Tant pis! c'est rococo, c'est mauvais genre, mais nous allons trinquer, et trinquer, si vous le voulez bien, monsieur Théodore, à votre prochain mariage, hein?

« — Très-volontiers, monsieur.

« — Et toi, Édouard, est-ce que ça ne te va pas, mon idée, de trinquer au bonheur de ton ami?

« — Mais si fait, mon père! si fait!

« Il y avait peut-être encore une teinte d'ironie dans le ton du vieillard demandant à son fils s'il ne lui convenait point de toster à la prospérité d'un futur mari... mais cette teinte était si légère, si adoucie!...

« — Et que faites-vous ce soir, messieurs, reprit M. Mansion, — après que les verres se furent joyeusement heurtés, et qu'en convive bien appris j'eus vanté les perfections de la liqueur, — vous allez au théâtre?

« Édouard eut un geste superbe de dédain.

« — Au théâtre! s'écria-t-il; pour qui nous prends-tu? C'est bon pour les épiciers de s'enfermer dans une salle de spectacle en été! Nous allons en soirée, Théodore et moi.

« — En soirée?

« — Oui. Chez une petite dame... de votre connaissance...

« — Ah!

« — Il y a longtemps que cette petite dame m'a demandé de lui amener Théodore... je le lui présente ce soir. Oh! d'ailleurs, mon ami n'est pas un étranger pour elle... elle lui doit un service. Vous vous souvenez, n'est-ce pas, de l'histoire que je vous ai contée... l'été dernier... de ce jeune homme qui prit la défense de Pauline, contre un malotru, dans le passage de l'Opéra?

« Eh bien, ce jeune homme, ce défenseur des belles opprimées... le voilà. C'est M. Théodore Spindler.

« En apprenant que c'était chez Pauline que nous allions en les quittant, M. et madame Mansion étaient devenus, littéralement, rayonnants. Édouard vit cette joie, qui jaillissait en étincelles des yeux de son père et de sa mère, et, s'approchant tour à tour d'elle et de lui, tandis que je me levais pour chercher mon chapeau, je l'entendis leur dire à l'oreille, tout en les embrassant :

« — C'est fini! C'est bien fini, maintenant, je vous le jure! Ne vous tourmentez plus!

XII

« — Eh bien, me dit Édouard, quand nous fûmes dans la rue, que pensez-vous de mon père et de ma mère?

« — Que ce sont les deux plus aimables vieillards que j'aie jamais vus.

« — N'est-ce pas? Oh! ils sont bien contents aussi maintenant! Je leur ai donné à entendre que j'avais rompu avec Marianne.

« — Comment! ils connaissaient donc...

« — Mes débordements... hélas! oui.

« — Et qui les leur avait appris?

« — Le sais-je? Quelqu'un de mes soi-disant amis, de mes bons camarades, que j'ai commis la sottise d'amener chez eux!... N'y a-t-il pas comme cela dans le monde de ces hypocrites qui, sous forme de sollicitude, s'ingénient à semer le trouble dans les familles! Au surplus, jamais ni mon père ni ma mère ne m'ont adressé, directement, un reproche à ce sujet! Mais, j'en suis persuadé, ils connaissaient ma folle conduite... et ils en étaient désolés!... Aussi, sans prononcer un nom... qu'on ne doit pas prononcer dans une maison honnête..... me suis-je empressé, tout à l'heure, de leur rendre le repos, la confiance!...

« Ah! mais c'est vous qui leur avez plu, mon ami. Oh! vous avez fait leur conquête!... A ma prochaine visite, on va me bombarder d'éloges à votre adresse. Un jeune homme qui songe à se marier!... et mieux encore, un jeune homme qui est l'ami de Pauline!....

« — A propos de me marier; vous ne m'en voulez pas d'avoir levé certain lièvre?

« — Pourquoi vous en voudrais-je, puisque c'est moi qui, comme un niais, vous ai forcé de le lever. Oh! c'est que, voyez-vous, mon mariage avec Pauline est l'idée favorite, le grand dada de mes parents. Il y a des gens à qui il paraîtrait au moins invraisemblable qu'un père et une mère tinssent si fort à voir leur fils épouser sa maîtresse. Mais mon père et ma mère ne ressemblent pas à tout le monde. D'abord à l'occasion d'une maladie qui a failli m'emporter, il y a six ans, ils ont été à même d'apprécier Pauline. Il s'en est suivi que, tout naturellement, Pauline a eu ses entrées chez eux; puis qu'ils se sont habitués, petit à petit, à la considérer comme leur fille, lui tenant compte de ses qualités, sans s'inquiéter de son titre...

« Et, après tout, qu'y a-t-il d'inconvenant dans l'affection de ces braves gens pour une fille honorable... qui, certainement, mérite à tous égards de devenir un jour une femme honorée.

« — *Un jour!*... Vous persistez donc à vous renfermer dans le système des éventualités, Édouard, lorsqu'il ne dépend que de vous de prendre une résolution... qui satisfasse chacun?

« — Hein? Mais non, vous vous trompez, mon ami... Maintenant surtout que je viens de passer par de si rudes épreuves, je ne suis plus éloigné d'en finir... conjugalement... avec Pauline. Eh! eh! L'exemple est contagieux, dit-on. Vous allez vous marier?

« — Dans deux mois.

« — Ah! dans deux mois... Raison de plus! il n'y aurait rien d'impossible à ce que, dans deux mois, M. et madame Édouard Mansion eussent l'honneur d'assister au mariage de M. Théodore Spindler.

« — Vrai!... Ah! songez-y, Édouard, c'est presque un engagement que vous prenez là.

« — Engagement, soit!... je ne me rétracte pas. Seulement...

« — *Seulement!* Aïe!... Depuis les *Faux Bonshommes* voilà un mot que je ne puis plus entendre sans frissonner!...

« — Qu'il est enfant! Frissonnez si vous voulez, mais il faut pourtant que je vous dise qu'avant de régulariser ma position... comme *citoyen*... il est urgent que je m'occupe de mes affaires, comme artiste. C'est très-joli de se marier, je ne le nie pas, et très-moral... mais, pour se marier, un peu d'argent ne saurait nuire... et j'ai absolument besoin d'en gagner!..... Tenez, mon bon Théodore, laissez-moi me remettre à la besogne une quinzaine!...— ah! le délai n'est pas trop long, j'espère, — et puis, je ne vous dis que cela!... vous verrez!... un de ces matins je tombe chez vous avec le bouquet de fleurs d'oranger à mon gilet.

« Nous étions à la porte de Pauline; il n'y avait pas moyen de prolonger cette conversation.

« Pauline avait reconnu le coup de sonnette d'Édouard; elle accourut sur les pas de sa bonne. La pauvre petite était si peu habituée, depuis quelque temps, à de telles surprises, qu'elle demeura interdite à l'aspect de son amant. Ma présence aux côtés de ce dernier ajoutait à sa stupéfaction.

« — Et puis, qu'y a-t-il, madame? s'écria gaiement Édouard, c'est ainsi que vous me recevez... quand je me présente, orné de notre ami et voisin! Ne reconnaîtriez-vous point M. Théodore Spindler... votre sauveur?...

« — Pardon, mon ami, balbutia Pauline, et certainement... je suis très-flattée... mais...

« — Mais, interrompis-je en souriant, madame a peur, peut-être, que l'ami, le voisin... le sauveur... ne soit assez indiscret, pour réclamer encore un verre de cette délicieuse limonade dont il a goûté tantôt.

« — Hein!... quoi! fit Édouard, qui vit rougir Pauline; quelle est cette histoire de limonade?

« En deux mots je racontai à Édouard comme quoi à mon arrivée de voyage, dans la journée, une gracieuse fée, — qui demeurait vingt marches au-dessous de moi, — avait eu la bonté de prendre ma fatigue et ma soif en pitié.

« — Ah! ah!... reprit Édouard en menaçant comiquement du doigt la jeune femme, ah! c'est comme cela que tu te comportes avec mes amis! Tu as des accointances avec leurs domestiques, et tu leur envoies des rafraîchissements à domicile. Eh bien, je ne risque rien alors, moi, à présent que voilà Théodore installé chez lui! Ce qui me tranquillise un peu, cependant, ma chère, c'est que tu perdrais ton temps, si tu fondais quelque espérance criminelle sur ce retour. Je suis fâché de te l'apprendre, mais notre ami Théodore n'est plus libre. Il a découvert, à ce qu'il paraît, un trésor, à Provins... et, dans deux mois, il épouse ce trésor.

« — Vous vous mariez? fit Pauline en me regardant.

« — Je me marie, répétai-je.

« — Mon Dieu, oui, poursuivit Édouard, qui me lança, à la dérobée, un coup d'œil d'intelligence. L'infortuné se marie! Et il est même convenu... entre lui et moi... que... si tu es sage... bien sage... tu assisteras à sa noce.

« Pauline, du coquelicot, tourna à la pivoine.

« — A la noce de monsieur!... moi! murmura-t-elle, mais c'est impossible!

« — Pourquoi donc cela, madame? dis-je à mon tour. Ignorez-vous qu'il y a longtemps qu'un grand homme a dit que le mot *impossible* n'était pas un mot français?

« — En attendant, reprit Édouard, qu'est-ce qu'on fait ici pour se divertir? Tiens! tout à l'heure, en dinant, j'avais un motif de barcarolle qui me trottait par la tête, je vais essayer de me le rappeler. Ça vous va-t-il, un peu de musique, Théodore?

« — Comment donc!

« — Eh bien, dis à ta bonne qu'elle mette bouillir de l'eau, Pauline... je prendrais volontiers une tasse de thé. Ce matin de la limonade, ce soir du thé, hein, comme on vous traite ici, Théodore!

« — Mais je ne me plains pas!

« — Eh! eh! je le crois bien!... vous seriez difficile!

« — Là, mon ami, la bonne est prévenue, tu peux commencer, nous t'écoutons.

« — Ah! je peux commencer!... Alors, cela ne t'ennuie pas non plus de m'entendre pianoter?

« — Oh!

« Ce *oh!* était un poème. Il disait: « Est-ce qu'il est possible que je m'ennuie quand tu es là? Est-ce que je ne suis pas trop heureuse à tes côtés?... Est-ce que non-seulement tu n'es pas l'homme que j'aime, mais encore l'artiste que j'admire? » .

« Pauline s'était placée tout près du piano, — pour ne pas perdre une note, et, surtout, pour pouvoir, en l'écoutant, contempler son amant. Je m'étais assis dans un fauteuil, et, comme chez M. et madame Mansion, je me livrais à mes observations physiognomoniques. Oh! oui, Pauline était bien heureuse de la présence d'Édouard, et l'expression de sa joie avait cela de touchant qu'elle était franche, pure, exempte de toute arrière-pensée. Trouvez-moi donc beaucoup de femmes comme Pauline, qui, délaissées, négligées depuis une année, ne sachent que sourire à leur amant quand il revient à elles! Décidément, Pauline était un cœur d'ange, et ce cœur, je me disais, du fond du mien, qu'il fallait à tout prix que j'empêchasse qu'il ne se brisât contre de nouveaux écueils. Cette promesse, faite par Édouard, d'assister avec *sa femme*, à mon mariage, ne devait pas être vaine; j'avais, pour m'encourager à poursuivre son accomplissement, l'adhésion avouée du père et de la mère d'Édouard; celle, tacite, mais non moins certaine de Pauline; en outre, j'étais soutenu par une pensée qui se rattachait à mon propre bonheur. Dans de telles conditions, la tâche que je m'imposais devait être couronnée de succès, ou c'était donc que je serais bien mal servi par les événements!

« A onze heures, Édouard était encore au piano. Il avait retrouvé sa barcarolle, tout entière...; — quelque chose de délicieux que vous avez entendu dans son *Roi des forêts*, au Théâtre-Lyrique. — Il termina par une improvisation brillante, une sorte de polka-mazurke à mettre en branle un couvent de capucins.

« — Oh! la charmante polka! s'écria Pauline. Comment l'appelles-tu, Édouard?

« — Je ne l'appelle pas encore, répliqua en riant le musicien, puisqu'elle ne vient que de naître; mais si tu veux, Pauline, nous la baptiserons d'un nom de bon augure?

« — Lequel?

« — La *Fiancée!*... la *Polka de la Fiancée*, n'est-ce pas que ce nom est joli?

« — Oh! oui. Et tu la dédieras à M. Spindler?

« — A M. Spindler... ou à d'autres! Que diable! il n'y a pas que M. Spindler, en France, qui ait une fiancée!

« Édouard posait ses lèvres sur le front incliné de la jeune femme.

« — Avec tout cela, reprit-il en se tournant vers moi, je vous ai donné une indigestion de musique, mon pauvre ami, et ce n'est pas le thé de Pauline qui vous remettra! D'autant plus qu'il fait une chaleur ce soir!..... Je ne sais pas si vous êtes comme moi, mais, j'étouffe! Si nous allions prendre l'air jusqu'au café des Variétés, hein, en fumant un cigare? Oh! ne fais pas la moue, petite, tu n'auras pas rangé tes tasses que je serai ici...

« Car je vais revenir, si vous le permettez, madame. Désolé, si cela vous contrarie; mais, ayant perdu la clef de mon appartement, force m'est de vous demander ce soir une hospitalité..... écossaise.

« Cette promenade ne me tentait guère, mais Édouard avait déjà allumé son cigare, je le suivis.

« — Au revoir, voisin! fit gaiement Pauline.

« — Au revoir, voisine! répliquai-je.

« — Encore une qui ne s'attendait guère à pareille aubaine! s'écria Édouard, tandis que nous remontions, bras dessus, bras dessous, le faubourg Poissonnière. Tenez, franchement, Théodore, ça rend plus heureux qu'on ne croit de rendre heureux ceux qu'on aime!

« — Mais puisque vous vous trouviez bien chez Pauline, pourquoi la quitter aussi brusquement?

« — Ah! mon cher, c'est plus fort que moi, je ne dormirais pas de la nuit si je ne faisais pas un petit tour avant de me coucher!... Et, vous concevez... Eh! eh!... je veux bien offrir, en toute conscience, un acte... ou deux... de contrition, à Pauline, mais je veux dormir aussi!... D'ailleurs... je ne mens pas.. je crevais dans ma peau dans son salon. Il est gentil, hein, son salon?

« — Très-gentil!

« — Avez-vous remarqué sa pendule?

« — Oui; elle est d'un goût exquis!

« — Il y a trois semaines que je la lui ai donnée, et, un mois auparavant, je lui avais fait cadeau d'un meuble complet de salle à manger. Oh! c'est que vous ne savez pas... — Mon Dieu! cela va vous prouver, qu'au plus profond de mes égarements, je conservais encore un reste de pudeur. — Figurez-vous que, chaque fois que j'achetais quelque chose à Marianne, une robe, un meuble ou un bijou, j'achetais immédiatement le même objet pour l'envoyer à la petite... à Pauline. C'est drôle, n'est-il pas vrai, cette manière de punir sa bourse des bêtises de son cœur; mais je ne vous mens pas, si, sous certains rapports, je ne pouvais m'empêcher de donner plus à l'une qu'à l'autre, je voulais du moins... quant à ce qui se procure avec de l'argent... qu'il ne fût pas dit que la femme... que j'estime... fût moins favorisée que la femme...

« — Que vous n'estimez pas. Le procédé est assez original, en effet; il a même un côté... délicat, dont je vous félicite. Mais, en brûlant ainsi la chandelle par les deux bouts, je commence à comprendre que, réellement, il y avait danger pour vous... de n'y plus voir clair.

« — Bah!... je vous l'ai dit, on a exagéré le chiffre de mes dettes contractées par suite de ma liaison avec Marianne. Qu'ai-je dépensé réellement pendant un an que je l'ai gardée... — ou qu'elle m'a gardé, à votre choix : — de vingt à vingt-cinq mille francs... et... je vous le prouve... sur ces vingt-cinq mille francs, la moitié, à peu près, s'en est retournée en bonnes mains.

« — A peu près! Car enfin, j'y consens, vous donniez autant, comme présents, à votre maîtresse honnête qu'à votre maîtresse.....

« — Malhonnête...

« — Mais, et les dîners, les spectacles et les promenades?... Les pièces de vingt francs filent vite à ce jeu-là... et... puisque vous alliez tout au plus passer une heure ou deux, chaque jour, chez Pauline, vous ne me prouverez pas que... sous le rapport des plaisirs aussi... vous dépensiez autant avec elle qu'avec mademoiselle Philippeaux.

« — C'est juste!... c'est très-juste!... on ne réfléchit pas à tout. Oui, oui, je redois des plaisirs à Pauline... je lui en redois beaucoup. Mais je m'acquitterai envers elle, mon ami; oh! je m'acquitterai, je vous le jure! Dès demain je la mène au restaurant et au spectacle tous les soirs! Au spectacle, la saison est assez mal choisie! N'importe, si cela lui plaît, je me condamne à avaler tous les mélodrames et tous les vaudevilles qu'on joue en ce moment à Paris. Ah! mais!... J'en deviendrai imbécile, peut-être, mais elle se sera amusée son compte! Ma conscience sera satisfaite.

« Nous étions arrivés devant le café des Variétés.

« — Un verre d'ale, voulez-vous, Théodore? me dit Édouard, pour achever notre cigare; puis nous nous en retournerons nous coucher.

« — Va pour le verre d'ale.

« Nous nous assîmes à une table en dehors du café; un garçon nous servit une bouteille de cette bière claire, forte, d'une piquante amertume, si estimée des Anglais.

« Édouard portait son verre à ses lèvres, lorsque soudain je le vis tressaillir et replacer, d'une main tremblante, le verre, intact, sur la table.

« Une femme s'avançait vers nous.

« Cette femme, c'était Marianne Philippeaux.

XIII

« Marianne portait une toilette de couleur sombre, un voile de dentelle noire recouvrait son visage; mais Édouard n'avait pas eu besoin de distinguer ses traits pour la reconnaître. Une femme avec laquelle on vit depuis un an, se reconnaît rien qu'au craquement de ses bottines.

« Marianne s'arrêta devant notre table, jeta, à travers son voile, un rapide regard sur son amant, et, se tournant de mon côté, avec une inclination de tête :

« — Pardon, monsieur, fit-elle, auriez-vous la complaisance de permettre à M. Édouard Mansion de me dire un mot?

« Avant que j'eusse répondu, même du geste, — et que pouvais-je répondre, sinon que mon compagnon était bien libre, s'il lui convenait, d'aller dire le *mot* qu'on attendait de lui; — Édouard s'était levé, et s'adressant à moi d'une voix agitée:

« — Je reviens à la minute, mon ami, dit-il.

« Puis à Marianne :

« — Je vous suis, madame.

« Marianne me salua de nouveau... légèrement... comme on salue une personne sans conséquence, et se dirigea vers la chaussée, qu'elle traversa, suivie, en effet, plutôt qu'accompagnée d'Édouard Mansion. Arrivée de l'autre côté du boulevard, pourtant, en face du passage Jouffroy, l'écuyère fit une halte, et Édouard se trouvant, par suite de ce temps d'arrêt, sur la même ligne qu'elle, je la vis passer son bras sous le bras de l'artiste et s'éloigner avec lui dans la direction de la Madeleine.

« Je l'avoue en toute humilité, cet incident n'eut d'abord rien qui m'inquiétât. — Tous les jours, pensais-je, une femme que l'on a quittée le matin vous prie de causer avec elle, quelques minutes, le soir. Marianne a peut-être besoin de quelques louis... pour une partie de lansquenet... et elle aura trouvé tout simple de les emprunter, en passant, à son dernier amant. Ou bien encore, il s'agit de quelque note de couturière, de modiste, qu'elle désirerait qu'Édouard réglât, sous prétexte que telles robes ou tels chapeaux s'étant fanés pendant la saison des amours, il ne serait pas loyal qu'il les laissât pour compte à la saison des adieux.

« Je me disais tout cela, en fumant, en buvant de l'ale et en parcourant un journal. Cependant, mon verre, que j'avais rempli pour la seconde fois, était, pour la seconde fois, vide; mon cigare, consumé aux quatre cinquièmes, n'avait plus à mon service que d'âcres et brûlantes aspirations; enfin, le journal ne m'offrait plus, pour me récréer, que des annonces.

« Minuit et demi sonnèrent. Le boulevard se faisait désert, et le café des Variétés imitait le boulevard : je commençai à perdre un peu de ma confiance. Pourtant, il me semblait si impossible qu'Édouard, au mépris non-seulement de tous égards envers Pauline, mais aussi de toutes convenances envers moi, fût parti avec Marianne, que j'essayai encore de lutter contre le dépit qui me gagnait.

« — Un cigare! criai-je... et un journal!...

« O naïves illusions d'un cœur naïf! Je m'imaginais, en donnant un aliment à mon impatience, la rendre moins impérieuse. Comme si, lorsqu'on s'ennuie, ou lorsqu'on est triste, on était libre de dire à la tristesse ou à l'ennui : « Permettez que je m'arrange en sorte de vous laisser un instant à l'écart! » Le cigare, — un délicieux *londres*, — qu'on m'apporta, me parut exécrable; le journal, — et c'était le *Figaro*, avec un article, *Coulisses*, d'Aurélien Scholl, — idiot!

« Pour comble d'horreur, on s'était mis à procéder à la fermeture du café!... Ce bruit de volets qu'on dressait contre les murailles, de tabourets, de tables qu'on poussait, qu'on entassait, qu'on rangeait, m'agaçait à un degré inexprimable.

« — Mais quelle heure est-il donc que vous fermez déjà? dis-je à un garçon.

« — Déjà! — répliqua l'homme à la serviette d'un ton qui signifiait : « On voit bien que vous n'avez pas passé toute la journée sur vos jambes, vous! » — mais il est une heure passée, monsieur.

« — Une heure! C'est bien; tenez, payez-vous.

« Une heure! une heure!... et il n'était pas minuit lorsque Édouard m'avait quitté! Décidément ce monsieur se moquait de moi, comme il se moquait de Pauline!

« Pauvre Pauline! C'était, surtout, du chagrin qu'elle allait ressentir en ne voyant pas revenir son amant... — qui lui avait si bien dit de l'attendre, — que je me préoccupais. Tout en m'acheminant lentement vers mon domicile, — et me retournant à chaque minute pour regarder si je n'apercevrais pas Édouard, — je cherchais dans mon esprit quelque manière de préparer ma voisine à ce chagrin. Mais qu'inventer d'un peu vraisemblable en pareil cas? Dire à Pauline qu'Édouard s'était subitement trouvé indisposé, et qu'il était rentré chez lui, Pauline ne me croirait pas. Dire qu'il avait rencontré des amis avec lesquels il était allé souper, encore une explication assez piètre! Et puis, je me connaissais : je n'ai jamais su mentir, même à bonne intention. Je me troublerais en parlant à la jeune femme, je bredouillerais, et en lui montrant ma gêne d'avoir à dissimuler le motif d'une méchante action, j'ajouterais à son propre embarras.

« Tout balancé, le plus sage était de rentrer chez moi sans voir Pauline, et ce fut aussi à ce parti que je m'arrêtai.

« Mais j'avais compté sans mon hôte!

« Comme je montais l'escalier, en assourdissant mes pas, par mesure de précaution, sur le point de passer devant la porte de la jeune femme, tout à coup cette porte s'ouvrit, et Pauline m'apparut, en peignoir et une bougie à la main. La chère petite ne s'était pas couchée, elle était demeurée à sa fenêtre en attendant son amant...

« Et, de sa fenêtre, naturellement, elle m'avait vu revenir... sans lui.

« J'étais resté métamorphosé en statue.

« Pauline était pâle... défaite... sa poitrine se soulevait par bonds inégaux...

« Et pourtant elle essayait de sourire.

« — Qu'y a-t-il donc? me dit-elle. Comment... vous êtes seul, monsieur Théodore!

« — Oui, mademoiselle, balbutiai-je, oui... je... Édouard...

« — Il n'est pas malade au moins? Ce n'est pas pour cela qu'il ne revient pas?

« — Oh! non! non! mademoiselle... non! il n'est pas malade!... mais... deux de ses amis... qui se trouvaient au café des Variétés... lui ont proposé...

« — Merci! monsieur Théodore, merci bien; du moment que vous m'assurez qu'il ne lui est rien arrivé de... fâcheux... je suis tranquille. Je le verrai demain... voilà tout. Bonsoir, monsieur Théodore, je vous demande pardon de vous avoir arrêté... bonsoir.

« Et, me saluant avec ce sourire forcé qui a quelque chose de plus douloureux à voir que des larmes, Pauline rentra précipitamment chez elle.

« — Ah! m'écriai-je, rentré à mon tour chez moi, et, dans un accès de colère, lançant, au hasard, mon chapeau, ma canne et mes gants, — sans me soucier de la présence de Joseph, qui m'avait ouvert et me regardait faire avec des yeux ébahis, — ah! c'est trop fort! Pauvre petite femme! si charmante, si douce, si bonne!... Et une misérable sauteuse continuerait ainsi à lui enlever son amant! Mais je suis là, maintenant, moi, je suis là!... Et, puisque ce triple niais... ce sans-cœur... n'a pas la force de briser sa chaîne, je la briserai... oui, je la briserai!

« Ou je m'y briserai moi-même, sapristi!

XIV

« Il était dix heures du matin, je dormais encore; — ce qui est assez excusable, je pense, après une journée aussi remplie d'émotions de toutes sortes que celle que je viens de vous raconter; — un coup de sonnette me réveilla en sursaut...

« Je me frottais les yeux lorsque j'entendis ces mots prononcés par Joseph à travers la porte entre-bâillée de ma chambre à coucher.

« — M. Édouard Mansion demande si monsieur est visible.

« — M. Édouard Mansion! répétai-je tout à fait réveillé.

« Et je criai :

« — Oui! oui! qu'il entre! qu'il entre!...

« Édouard entra.

« Je m'étais redressé sur mon lit, les sourcils froncés, les bras croisés... — semblable, j'en suis sûr, comme attitude, au grand Louis XIV, lorsqu'il se présentait à son petit lever quelque seigneur, quelque courtisan en faute.

« Mais j'eus à peine jeté un regard sur l'artiste, que ma velléité de jouer au Jupiter tonnant se dissipa comme par enchantement.

« Édouard se tenait au milieu de ma chambre, l'air si humble et si penaud, qu'un Druse même en eût été attendri.

« — Mais enfin, lui dis-je, sans autres préambules, en lui montrant du geste un fauteuil près de mon lit, mais enfin, convenez au moins que votre conduite est inqualifiable!

« — J'en conviens! répéta Édouard en s'asseyant.

« — Et puis, que me voulez-vous? que venez-vous me dire? Est-ce que vous êtes entré chez Pauline avant de monter ici?

« — Oh! non; je tenais avant tout à vous voir, vous!... à m'excuser près de vous!

« — Sans doute! Au plus difficile d'abord! Oh! c'est admirablement raisonné! Avec cette pauvre Pauline, vous êtes bien certain d'obtenir tout de suite votre pardon! C'est la douceur, la tendresse incarnées que Pauline! Mais avec moi, c'est différent! Monsieur comprend que je ne suis pas disposé à me payer d'excuses en l'air, moi! Voyons! qu'est-ce que vous êtes devenu hier au soir?

« — Je suis devenu...

« — Mademoiselle Marianne est allée coucher chez vous, n'est-ce pas?

« Édouard inclina affirmativement la tête.

« — Par conséquent, elle a remis le grappin sur vous... et tous vos grands serments de travail, de mariage, de morale, sont partis à vau-l'eau! Marianne vous a démontré qu'elle vous adorait plus que jamais; qu'elle ne pouvait pas plus vivre sans vous que vous ne pouviez vivre sans elle... le tout entremêlé de fioritures de sa façon, et vous voilà prêt à me dire : « Mon cher ami, je me suis un peu trop pressé, peut-être, en rompant avec une femme... qui... après tout... a de grandes qualités! Ne vous étonnez donc pas si, pour plaire à cette femme, je persiste à faire le malheur d'une autre... et le mien et celui de mes parents; si je continue à m'endetter... à laisser mon génie inactif... mon nom et ma personne en butte aux railleries des gens raisonnables!...

« Est-ce cela, en effet, que vous allez me dire, Édouard? Répondez!

« Irrité de la certitude, acquise, du nouvel acte de faiblesse de l'amant de Pauline, j'avais élevé la voix, malgré moi, et je ne m'aperçus que mon ressentiment m'avait emporté trop loin que lorsque je vis Édouard pâlir.

« — Vous êtes sévère, Théodore, fit-il, très-sévère, et si j'avais su... en vous confiant hier mes erreurs, me donner un juge... au lieu du conseil, de l'appui, que je cherchais... j'y aurais sans doute regardé à deux fois avant de vous faire mes confidences.

« Je tendis vivement la main à Édouard.

« — Pardonnez-moi, lui dis-je; je suis un sot... un brutal! On ne gagne rien à gronder. D'ailleurs, comme vous venez de le dire, je suis votre conseil et non votre juge! Pardonnez-moi donc.

« Édouard serra ma main avec force.

« — N'intervertissons pas les rôles, reprit-il en souriant. Le seul coupable ici, le seul qui doive demander pardon à l'autre, c'est moi... Et, après tout, je comprends à merveille que vous ne soyez guère en veine d'indulgence après ce qui s'est passé hier au soir. Cependant, si je vous jurais... si je vous prouvais que mon crime n'est pas si immense qu'il peut paraître au premier abord? Certes, c'est très-mal à moi de vous avoir planté là, au café...

« — Jusqu'à une heure du matin!

« — Jusqu'à une heure du matin! pauvre ami!... — Et c'est très-mal aussi... c'est plus mal encore... après avoir promis à Pauline de revenir, de l'avoir laissée, toute la nuit, m'attendre.

« — Oh! elle ne vous a pas attendu toute la nuit, heureusement! Ah! bien, il n'eût plus manqué que cela!

« — Bah!... vous l'avez vue en rentrant?

« — Oui.

« — Et que lui avez-vous dit?

« — Je ne lui ai rien dit... d'autant plus qu'elle ne tenait guère, je crois, à rien savoir... seulement... une fois rassurée sur l'état de votre santé... elle m'a paru disposée, sinon à oublier complétement son chagrin, du moins à ne pas l'entretenir par une espérance inutile.

« Édouard laissa échapper un soupir de compassion.

« — Chère petite! fit-il.

« — Enfin, repris-je, expliquez-moi ce qui atténue, à votre avis, le danger d'un raccommodement avec une maîtresse... dont vous vous félicitiez si fort de vous être séparé... que vous ne deviez jamais revoir!

« — Ce qui excuse ce raccommodement... eh! parbleu! cher ami, c'est que ce raccommodement n'est pas un raccommodement du tout.

« — Vous n'avez donc point passé la nuit avec Marianne?

« — Si.

« — Alors, je ne comprends pas.

« — Vous allez me comprendre. Nous avons passé la nuit ensemble, Marianne et moi, oui, mais cette nuit est la dernière que nous aurons passée ensemble. Eh! mon Dieu! mon ami, certainement, quand Marianne est venue à moi, au café, j'aurais mieux fait de lui tourner le dos et de ne pas lui répondre. Mais quel est l'homme assez fort pour se conduire si carrément en pareille circonstance? Vous ne l'ignorez pas, lorsque, à tort ou à raison, nous nous sommes fait l'amant d'une femme, il s'établit entre nous et cette femme un courant magnétique qu'il ne dépend pas plus de nous que d'elle d'anéantir du premier coup. J'avais l'intention formelle, en m'en allant avec Marianne, de vous rejoindre au bout de quelques minutes, sinon je ne l'aurais pas suivie! mais une fois lancé dans certaines discussions, on n'est pas toujours libre de s'arrêter. Enfin, elle quitte Paris... elle a un engagement à Londres... — une résolution irrévocable qu'elle a prise dans notre commun intérêt. — Pouvais-je la rudoyer parce qu'elle avait tenu à m'annoncer, elle-même, ce départ?

« — Et quand s'en va-t-elle?

« — Oh! dans une quinzaine... l'époque n'est pas encore absolument fixée. Et puis... — vous allez m'accuser encore de folie, mais quoique, à coup sûr, je ne sois plus amoureux de Marianne, il m'en coûtait, je n'en disconviens pas, de m'être séparé d'elle sur une mauvaise impression. Il me répugnait de penser que cette femme, dont j'avais cru être aimé... un peu... et à laquelle, somme toute, j'ai fait de grands sacrifices, me mettait au niveau de ces amants d'un jour qu'on oublie une heure après les avoir quittés. Ceci est une affaire d'amour-propre, soit; mais qu'il y ait dans cette manière de voir une faiblesse de plus à ajouter à mes autres faiblesses... j'en suis fâché... je suis bâti ainsi et je ne me referai pas. Marianne a pleuré... oh! elle a pleuré de vraies larmes...

« — Vous croyez donc, maintenant, qu'elle a de vraies larmes?

« — Je crois... je crois que rien ne l'obligeait à me dire tout ce qu'elle m'a dit, si elle n'y avait été poussée par un mouvement du cœur. Encore une fois, il est absurde aussi de nier toute qualité chez une femme parce que le devoir... la nécessité... la réflexion... vous éloignent de cette femme!... D'abord, un mérite qu'il est impossible de contester à Marianne... c'est sa fidélité durant notre liaison. Depuis un an qu'elle est avec moi, je défie qui que ce soit de prouver que... celle que tout le monde traite de courtisane... se soit laissé toucher le bout du doigt par un autre!... Le bout du doigt, vous entendez, Théodore? Marianne peut avoir eu cent amants avant moi, mais, tant qu'elle a été ma maîtresse, elle n'a donné à personne le droit de se moquer de moi, et c'est une preuve d'affection... de dignité, dont je dois lui savoir gré.

« — Cependant, si j'ai bonne mémoire, vous reprochiez hier à mademoiselle Marianne de vous avoir rendu ridicule aux yeux de tous... Or, ce reproche ne s'accorde guère avec les sentiments de respect des convenances que vous lui reconnaissez si largement aujourd'hui.

« — Eh! sans doute, quelquefois, dans son orgueil d'appartenir à un homme... un peu au-dessus, peut-être, de ceux qu'elle avait connus jusqu'alors, Marianne ne ménageait pas assez ma position! — Je ne reviens pas sur ce que j'ai dit. — Quelquefois, j'ai eu à la réprimander de sa manie de parler de moi partout et à tout propos, d'afficher enfin nos rapports, comme si les amours de monsieur Édouard Mansion et de mademoiselle Marianne Philippeaux eussent été un fait qui intéressât l'univers. Mais cette manie... toute préjudiciable qu'elle pût m'être sous certains rapports, ne dément en aucune façon ce que j'avançais tout à l'heure à propos de la fidélité de Marianne. Puisqu'elle n'était occupée que de moi, puisqu'elle ne parlait que de moi, il est d'autant plus évident, au contraire, qu'elle ne songeait pas à me tromper.

« — Enfin, où voulez-vous en venir, je vous prie, Édouard, avec ce panégyrique enthousiaste des vertus de mademoiselle Marianne? Le *Démon de l'Alcôve*,—c'est le nom dont vous avez décoré vous-même cette demoiselle... ce n'est pas moi qui l'ai inventé, — le *Démon de l'Alcôve* a su mettre à profit, je le vois, sa dernière nuit d'autorité... c'est affaire à lui de se faire regretter!... — Mais ensuite? S'il vous est acquis, à présent, que mademoiselle Marianne vous adorait... et qu'elle n'a jamais adoré que vous... tant qu'elle vous a adoré... il n'en est pas moins réel qu'il y a, à quelques pas de vous, une femme qui vous aime aussi... et qui n'a jamais,—jamais! — aimé que vous, celle-là?... Que concluez-vous donc? Ce n'est pas uniquement, je présume, pour m'entretenir de votre écuyère que vous êtes chez moi à cette heure. Vous avez aussi quelque chose à me dire à propos de Pauline... de Pauline, qui a pleuré toute la nuit, sans doute, tandis que vous savouriez les baisers d'adieux de sa rivale.

« En dépit de mes efforts pour demeurer calme, je m'animais de nouveau, mais, cette fois, Édouard supporta, sans s'en offenser, cette explosion d'impatience.

« — Allons! allons! fit-il en souriant, ne vous emportez pas, cher Mentor! Oui, je suis ici pour Pauline... et rien que pour Pauline. — D'ailleurs, puisque c'est fini, bien fini avec Marianne...

« — Dieu vous entende!

« — Vous concevez que mon seul désir, maintenant, est de faire oublier à Pauline le dernier ennui que je lui ai causé.

« — Cependant vous avez jugé plus pressé de venir à moi que d'aller à elle.

« — Eh! c'est que j'avais besoin de votre avis, avant tout, quant au projet que j'ai conçu pour rendre la petite joyeuse.

« — Et ce projet?

« — Il fait un temps magnifique, nous prenons une voiture et nous allons déjeuner, tous les trois, à la campagne... à Meudon... à Ville-d'Avray. A quatre heures, nous regagnons Paris, et nous dînons chez Vachette ou aux Frères-Provençaux. Puis, ce soir, nous allons au théâtre, — le théâtre que Pauline choisira. — Hein! que dites-vous de cette partie? Elle est complète, j'espère.

« — Oui, mais je ne consens à en être qu'à une condition.

« — Laquelle?

« — C'est que je paierai la voiture et la loge au théâtre.

« — Oh!

« — Point de oh! Je ne sache pas que Mentor, lorsqu'il allait se promener et dîner avec Télémaque, lui laissât solder toute la dépense.

« — Eh bien! vous paierez la voiture et le spectacle. Envoyez votre domestique nous chercher une calèche, une belle calèche... et habillez-vous; pendant ce temps, je préviendrai Pauline. Oh! je parie qu'elle sera prête avant vous.

« — Cela ne m'étonnera pas!

« — Pourquoi cela ne vous étonnera-t-il pas?

« Je souriais; Édouard chercha une seconde la signification de mon sourire, puis il s'écria, en haussant gaiement les épaules :

« — Ah! j'y suis! une pierre dans mon jardin! Monsieur s'imagine que, parce que j'ai été... très-coupable, peut-être, cette nuit, je ne saurai point faire... convenablement... ma paix, ce matin. C'est ce qui vous abuse, mon cher. On est capable toujours de faire sa paix... quand on veut, avec une femme qu'on aime! Au revoir... vous avez une heure pour vous habiller.

XV

« Nous avions de bons chevaux; au lieu de nous faire conduire à Meudon ou à Ville-d'Avray, — où va tout le monde, — j'avais donné ordre à notre cocher de nous mener à Gournay, — un ravissant petit village, situé sur les bords de la Marne, où personne ne va.

« Gournay, étant fort peu fréquenté des Parisiens, ne possède guère qu'une seule maison où l'on puisse se restaurer. Cette maison appartient à un paysan nommé Bilan, — un nom qui oblige aux bonnes affaires, — qui cumule le métier de pêcheur avec celui de traiteur. Arrivés à destination à une heure, — il y a près de six lieues de Paris à Gournay, — nous commençâmes par commander le déjeuner, et nous ne déjeunâmes vraiment pas trop mal. Les mets n'étaient pas recherchés, mais ils se rattrapaient sous le rapport de l'abondance et de la fraîcheur; le vin était pur, la nappe bien blanche; que demander de plus quand on a faim? Au dessert, nous nous informâmes du moyen de nous procurer un bateau pour nous livrer à une petite excursion sur la Marne.

« — Un bateau! nous dit M. Bilan, mais je vous en prêterai un des miens si vous voulez, messieurs, et un dans lequel vous ne risquerez pas de chavirer comme dans ces coquilles de noix dont se servent les canotiers de Nogent et de Petit-Bry.

« — Eh bien! cela nous va, père Bilan, s'écria Édouard. Comme nous ne tenons nullement à chavirer, nous nous contenterons de la machine la moins élégante... pourvu, toutefois, qu'à nous deux, mon ami et moi, nous soyons capables de la manœuvrer.

« — Oh! pardi, il n'y a pas besoin d'être deux pour faire marcher un bachot! La rivière n'est pas rude, en cette saison; vous pouvez donc aller en remontant à votre aise jusqu'à Noisielle, puis vous vous laisserez redescendre.

« Quoi qu'en eût dit le brave pêcheur, après avoir ramé à tour de rôle, Édouard et moi, l'espace d'une demi-heure, nous renonçâmes, pour cause d'ampoules naissantes, à poursuivre un exercice peu fait pour des mains habituées à ne toucher que le pinceau ou la plume. Cependant nous ne nous étions éloignés de notre point de départ que de trois ou quatre portées de fusil, et il nous en coûtait d'y revenir si vite. Pauline se désolait d'être obligée de renoncer à une promenade qu'elle trouvait charmante...

« J'eus une inspiration. Un petit gars d'une quinzaine d'années passait sur la rive gauche, nous regardant, d'un air narquois, nous épuiser en tentatives inutiles pour retirer notre barque d'une couche de nénuphars dans laquelle nous l'avions empêtrée.

« — Eh! mon garçon, lui criai-je, veux-tu gagner quarante sous?

« — Tout de même, monsieur.

« — Eh bien, il y a un cordeau attaché à ce bachot, tu vas nous remonter, en te promenant, une heure ou deux.

« — Oh! une heure, ce sera suffisant, s'écria Pauline, qui s'effrayait déjà à l'idée de convertir un être humain en bête de somme.

« — Une heure, deux heures, trois heures, fit le gamin, en saisissant au vol le bout du cordeau, ce n'est pas ça qui me gênera; j'en ai traîné bien d'autres... et de plus lourds... et plus longtemps... pour moins cher! Quand vous en aurez assez, vous me le direz.

« — C'est cela. Quand nous en aurons assez, nous te le dirons.

« — Pauvre enfant, murmura Pauline, les yeux fixés sur le petit paysan, — qui, en réalité, ne s'était pas chargé là d'une besogne bien pénible. — Pauvre enfant, est-il courageux!

« — Dis donc qu'il est intéressé! fit Édouard. Tu vois bien qu'il nous emporte comme une plume.

« — C'est égal, il ne faut pas trop le fatiguer, n'est-ce pas? Oh! il a chaud... il s'essuie le front.

« — Parbleu! nous avons bien chaud aussi, nous qui restons tranquilles.

« — Vous lui donnerez vingt sous de plus... pour boire... monsieur Théodore.

« — Très-volontiers, madame. Je vous ferai remarquer pourtant qu'il est bien jeune, et que lui donner pour boire, c'est le pousser au vice!

« — On lui donnera ses vingt sous de plus, c'est convenu, s'écria Édouard, et, en outre, puisque Pauline s'intéresse si fort à ce jeune Gournaisien, je la laisse libre, lorsqu'il aura achevé sa tâche, de lui offrir un ou deux baisers comme récompense extraordinaire.

« — Hein! Mais non! mais non!

« — Alors, tu n'as donc pas sincèrement pitié de notre *traîneur!*

« — Si fait! Mais ma pitié ne va pas jusqu'à l'embrasser. D'ailleurs, il est vilain.

« — Ah! vous entendez, Théodore! Elle a vu qu'il est vilain... et c'est parce qu'il est vilain...

« — Ah!

« — Quoi!

« — Regarde donc, Édouard, cet oiseau bleu là-bas, sur cette branche de saule.

« — Je vois le saule, mais je ne vois pas l'oiseau bleu.

« — Mais je le vois, moi, madame; voici qu'il s'envole; c'est un martin-pêcheur.

« — Oh! qu'il est joli!... Comme il vole vite, quel dommage!

« — Quel dommage!... Il aurait peut-être fallu te l'attraper!... D'abord, ma chère, le martin-pêcheur ne s'apprivoise qu'empaillé. Un oiseau qui ne se nourrit que de goujons vivants, tu conçois qu'il faut avoir au moins un étang à lui offrir pour le conserver.

« — Ah!

« — Qu'est-ce encore? un second martin-pêcheur?

« — Non!... Tiens! à cet endroit où l'eau bouillonne, il y a une bête qui s'est enfoncée.

« — Une bête qui s'est enfoncée! Tant mieux! Il y a une justice divine.

« — Je t'assure que j'ai vu quelque chose de noir sortir de terre en face de notre bateau et disparaître dans la rivière.

« — C'est un rat d'eau, sans doute, madame.

« — Un rat d'eau! Comment, vraiment, il y a des rats qui habitent dans l'eau?

« — Ils n'y habitent pas précisément, mais ils ont la faculté d'y séjourner près d'une minute, ce qui leur permet, comme aux martins-pêcheurs, de faire une rude guerre aux poissons.

« — Oh! ces pauvres poissons! Mais ils ont donc des ennemis partout! Des oiseaux, des rats...

« — Et les hommes, dis donc, que tu oublies, Pauline; les hommes qui les mettent en matelotte ou en friture pour les servir à de jeunes dames qui arrivent de Paris, en calèche, avec un appétit à tout dévorer.

« — N'importe! Je suis fâchée que ces méchants rats s'en aillent comme cela chasser au fond de l'eau. On devrait les tuer tous!

« — Tranquillise-toi! Il y a aussi des gens qui les tuent et qui les mangent!

« — Quelle horreur! On mange du rat!...

« — Du rat qui se nourrit si délicatement, pourquoi pas? Il paraît même que ça n'est pas plus mauvais qu'autre chose. Si tu veux, un de ces jours nous en goûterons?

« — Veux-tu te taire!... Ah! la charmante fleur rose, tout près de vous, monsieur Théodore! Tâchez de me la cueillir.

« — La voici, madame.

« — Comment la nomme-t-on?

« — Ma foi! je ne suis pas très-fort en botanique, mais je crois que c'est une espèce de lotus.

« — Oh! je la rapporterai à Paris et je la mettrai dans un verre d'eau. Ce sera un souvenir de cette partie, n'est-ce pas, Édouard?

« — Comme souvenir, à ta place, je préférerais rapporter notre *traîneur*, il est probable qu'il se fanerait moins vite que ton lotus.

« — Tu dis toujours des bêtises!

« — Hein!... qu'est-ce que c'est, Pauline!

« — Voyons tes mains, mon chéri!... Elles sont encore toutes gonflées... tu ne vas pas pouvoir toucher de piano de huit jours!... et les vôtres, monsieur Théodore?... Oh! elles sont moins abîmées!

« — Je le crois bien! Le paresseux! J'ai ramé six fois plus que lui!

« — Mais le petit paysan s'arrête... il est fatigué!

« — Fatigué!... Il n'a pas le droit d'être fatigué!... Il ne doit être fatigué que lorsque nous le lui permettrons.

« — Quelle heure est-il, à présent?

« — Quatre heures et demie, madame.

« — Quatre heures et demie, oh! mais alors, il est temps de nous en retourner; nous ne sommes pas encore à Paris, songe donc, Édouard.

« — Et puis?

« — Et puis, mais tu m'as promis de me conduire au spectacle, ce soir, il me semble.

« — Ah! ah!... c'est juste... j'oubliais le spectacle, moi! Et à quel théâtre allons-nous, s'il te plaît? As-tu arrêté cela dans ta sagesse?

« — Oh! oui. On donne le *Juif-Errant* à l'Ambigu-Comique... il paraît que c'est très-amusant. Nous allons voir le *Juif-Errant*.

« — Vous entendez, Théodore, nous allons voir le *Juif-Errant!* Quinze actes et trente-huit tableaux, mon pauvre ami... préparez-vous. Mais, diable, dis donc, Pauline, ça commence de très-bonne heure, je crois, ton *Juif-Errant*... Et dîner?

« — Est-ce que l'on dîne après un déjeuner comme celui que nous venons de faire!... N'est-il pas vrai, monsieur Théodore, que vous n'avez pas envie de dîner maintenant?

« — Non certes, madame.

« — Oh! parbleu, vous, Théodore, vous dites toujours comme elle! Nous n'avons pas envie de dîner, maintenant, c'est possible, mais d'ici à minuit nous aurons faim,

« — Eh bien! nous irons souper en sortant du spectacle.

« — M. Théodore a raison, mon ami; en sortant du spectacle, nous irons souper, si nous avons faim. Allons, monsieur Théodore, criez donc à ce petit paysan que c'est assez. Nous sommes très-éloignés, j'en su is sûre! Quatre heures et demie! Deux heures pour revenir à Paris! Nous manquerons le prologue.

« Parisienne pur sang, Pauline aimait le spectacle à l'adoration. Depuis quelque temps, d'ailleurs, la pauvre petite avait eu peu d'occasions de goûter un plaisir préféré; aussi fallait-il voir sa joie lorsque, arrivée au théâtre de l'Ambigu, elle s'installa sur le devant d'une loge de face, — une loge à salon, s'il vous plaît, la dernière qui se trouvât libre. On étouffait dans cette salle gorgée de monde comme en plein hiver; — ce qui prouverait que les succès ne connaissent pas de mauvaise saison; — nous n'étions occupés, Édouard et moi, qu'à essuyer notre front ruisselant de sueur; Pauline, elle, l'oreille tendue, les yeux fixés sur la scène, paraissait ne souffrir nullement de la chaleur.

« — Prête-moi ton éventail, au moins, puisque tu ne t'en sers pas, lui dit Édouard.

« — Le voici, mon ami.

« Et nous regardant tous deux, elle ajouta:

« — Ah! c'est singulier... vous avez donc chaud? Moi je trouve qu'il fait très-bon ici.

« — Très-bon, oui, pour cuire des œufs, reprit Édouard. Oh! les femmes! Et l'on vante leur nature délicate. Délicate, soit, au repos, mais lorsque ses appétits sont en jeu, capable d'en remontrer, de toutes les façons, à tous les Hercules réunis!

« — Tais-toi donc, tu m'empêches d'entendre... voici mademoiselle de Cardoville qui parle!

« — Je me tais, par déférence pour mademoiselle de Cardoville, mais je n'en persiste pas moins dans mon dire: il faut être enragé pour venir au théâtre par une température pareille!... Ouf!

« — Édouard!... écoute donc... mademoiselle de Cardoville ordonne à ses domestiques de courir au secours des naufragés.

« — Elle a tort!... Les naufragés sont dans l'eau, eux, ils sont moins à plaindre que nous! Ah! c'est moi qui voudrais être encore à Gournay, à cette heure, dans le bachot du père Bilan!

« — Chut!... chut!...

« — C'est bien fait!... c'est à toi que s'adressent ces chut, Édouard.

« — A moi! laisse donc, c'est à cette dame qui entre dans une loge de balcon et qui, en s'asseyant, s'est permis de remuer une chaise. Encore une qui a commis quelque crime, et qu'on a condamnée à une représentation forcée du *Juif-Errant*. Tu vas voir sa figure, Pauline; je gage qu'elle porte au front l'empreinte de tous les vices, de tous... — Ah!

« En poussant cette exclamation qui coupait court, si brusquement, à ses facéties à propos de la dame récemment entrée dans la loge de balcon, Édouard s'était rejeté le corps en arrière. Placé, comme je l'étais, derrière lui, son mouvement n'avait pu m'échapper, et, mes yeux se portant aussitôt sur celle dont il avait parlé, sans la reconnaître d'abord, je m'expliquai tout aussitôt.

« La nouvelle spectatrice n'était autre que Marianne Philippeaux.

« Évidemment, Marianne n'était venue dans ce théâtre que parce qu'elle savait qu'Édouard s'y trouvait; et, ce qui le prouvait, c'était la manière dont elle promenait ses regards de tous côtés, dans la salle, en affectant de ne les jamais diriger du côté de notre loge. Comment avait-elle appris la présence d'Édouard à l'Ambigu, cela m'intéressait peu; mais ce qui m'inquiétait, c'était l'effet qu'allait produire sur Pauline la vue de sa rivale. Profitant du bruit d'une salve de bravos *officiels*, je me penchai à l'oreille d'Édouard.

« — Pauline la connaît-elle? lui dis-je.

« — Non, murmura-t-il.

« Pauline semblait, en effet, aussi attentive que devant au spectacle. En la considérant avec attention, néanmoins, je crus distinguer sur ses traits une teinte de pâleur qui me donna à douter.

« La toile tombait.

« — Allons chercher des oranges! m'écriai-je en tendant son chapeau à Édouard.

« — Allons! répéta-t-il.

« — Et ne restez pas trop longtemps, surtout, je vous en prie, messieurs! fit Pauline.

« — Cinq minutes, madame.

« Maintenant je ne doutais plus. L'accent de Pauline en prononçant ces mots: « Ne restez pas longtemps! » m'avait éclairé.

« Nous étions dans le corridor.

« — Pauline connaît parfaitement Marianne, dis-je à Édouard.

« — Allons donc! Mais je vous certifie que non.

« — Et moi je vous certifie que si.

« — Et comment cela pourrait-il être? Vous concevez bien qu'elle ne l'a jamais vue avec moi!

« — Qu'en savez-vous?

« — Enfin, qui vous fait supposer qu'elle la connaît?

« — Cela ne s'explique pas... cela se devine.

« — A quoi?

« — Eh! à tout, parbleu! Vous n'avez donc pas remarqué comme sa voix tremblait quand elle nous a priés de ne pas la laisser trop longtemps seule?

« — Ma foi, non.

« — C'est que vous songiez à Marianne, sans doute. Il n'y a pire sourd que celui qui n'écoute pas.

« — Songer à Marianne, moi!... Oh! mais je suis furieux au contraire de ce qui arrive! Furieux, entendez-vous! Mais c'est bien d'elle, cela! Elle aura rencontré sur le boulevard quelqu'un qui m'aura vu entrer au théâtre...

« — Et elle n'a pas même le cœur de laisser... par hasard... à votre maîtresse... à votre maîtresse sérieuse... une soirée de tranquillité! Décidément, elle a un gracieux caractère, mademoiselle Marianne, fort gracieux!

« — Après tout, mon ami, ce n'est pas ma faute non plus, vous l'avouerez.

« — Pardon. C'est votre faute... et parfaitement! Si, après avoir rompu hier matin avec mademoiselle Marianne, vous ne vous étiez pas amusé hier au soir...

« — Oh! si nous entamons le chapitre des récriminations, nous n'en sortirons pas, Théodore! Voyons, Marianne a appris, j'ignore comment, que j'étais à l'Ambigu, et elle y vient... Après!

« — Après! Il est révoltant, je le répète, de la part de cette fille, de vous relancer ainsi, sans le moindre égard pour Pauline.

« — Eh bien! j'en conviens, Marianne a mal agi!... Et il m'est on ne peut plus désagréable de la voir à quelques pas de Pauline... quoique, encore une fois, je sois très-persuadé que Pauline ne la connaît pas. Mais ensuite? Vous n'avez pas peur, je pense, que je quitte Pauline pour aller retrouver Marianne?

« — Tenez, il dépend de vous de me prouver la valeur de votre ressentiment contre Marianne en cette circonstance.

« — Mais tout ce qu'il vous plaira, mon cher ami.

« — Dans votre opinion, quel est son projet en venant ce soir à l'Ambigu?

« — Mais, mon opinion...

« — Soyez franc. Vous l'avez compris comme moi, Marianne n'est pas femme à se contenter de vous contempler de loin... surtout en compagnie d'une autre!... A un moment donné de cette soirée, elle va donc mettre son autorité en jeu en vous ordonnant... d'un regard... d'un signe... de la rejoindre sur le boulevard ou au café!...

« — Eh bien! .. elle peut faire le télégraphe avec ses yeux... avec ses mains... avec ses pieds... je ne lui obéirai pas, voilà tout!

« — Bravo! Je prends déjà note de cette réponse, mais il me faut davantage.

« — Quoi encore?

« — Je veux avoir un bout de conversation particulière avec elle; oui. Cela vous déplaît?

« — Pas du tout! Mais c'est un service, au contraire, que vous me rendez là, mon cher ami, un véritable service! Seulement, prenez garde, elle n'est pas facile tous les jours, et il se pourrait...

« — Qu'elle me sautât aux yeux pour me punir de prendre fait et cause pour une charmante femme que j'aime?

« — Vous sauter aux yeux! Oh! elle n'ira pas jusque-là: mais elle s'emportera, elle criera...

« — J'en ai entendu crier bien d'autres!

« — Mais si elle causait du scandale, pourtant?

« — Quel scandale?

« — Si, dans sa colère, elle s'avisait...

« — Si elle s'avisait?...

« — Eh! de me suivre, par exemple, quand je sortirai du théâtre avec Pauline, et de m'interpeller tout haut.

« — Soyez tranquille! Puisque vous admettez que mademoiselle Marianne soit femme à recourir à ces extrémités, je m'arrangerai en sorte de lui jeter des bâtons dans ses roues.

« — Non! Certainement... quoiqu'elle soit un peu vive, un peu exaltée, je crois que Marianne y regarderait à deux fois avant de risquer une inconvenance pareille... mais...

« — Mais, voici l'entr'acte qui s'achève. Me donnez-vous, oui ou non, carte blanche pour essayer de vous débarrasser ce soir, et peut-être pour toujours, de mademoiselle Marianne? Je vous préviens que, si vous me refusez, supposant, à juste droit, que vous tenez plus que vous ne voulez le paraître à ménager votre écuyère, je vous abandonne à tout jamais à votre sort, en commençant par ne point rentrer avec vous au théâtre.

« — Quel enragé vous êtes! Voilà que je tiens à ménager Marianne à présent! Mais parlez-lui si cela vous amuse, grondez-la, battez-la même... Faites-la embarquer pour les îles... comme Manon Lescaut... je m'en moque! C'est vrai, cela, on dirait que je suis encore amoureux d'elle! Voyons, rentrons-nous, mauvaise tête?

« — Alors... c'est arrêté: quoi que je fasse, vous ne me désavouerez pas?

« — Non! non! mille fois non! Vous avez le champ libre! Je ne bouge pas d'auprès de Pauline, et si Marianne m'invite à aller lui parler, vous prenez ma place et vous lui expliquez qu'elle n'est qu'une sotte... qui m'ennuie... qui m'est insupportable!

« Le second acte allait commencer quand nous rejoignîmes Pauline.

« — Vos cinq minutes ont duré bien longtemps, nous dit-elle. Et mes oranges?

« — Les voici, madame; il n'y en avait pas de convenables aux alentours, nous avons poussé jusqu'au boulevard du Temple.

« Pauline eut un sourire qui disait qu'elle n'était pas dupe de cette excuse.

« — Et, reprit-elle, en s'adressant à Édouard, es-tu mieux, maintenant, mon ami? As-tu moins chaud?

« — Mais oui, mais oui, repartit Édouard d'un ton bourru, je suis très-bien.

« — C'est que, sans cela, nous aurions pu partir tout à l'heure.

« — Partir! Pourquoi partir? Puisque tu as tenu à voir cette pièce, voyons-la!...

« Pauvre Pauline! C'était bien la peine de se montrer si bonne pour se voir reçue de la sorte. Mais cela dérivait de soi. Édouard avait de l'humeur, il lui fallait quelqu'un pour essuyer son humeur. En l'entendant rudoyer la jeune femme, je n'en persistai que davantage dans mon désir de venger bientôt cette dernière, si faire se pouvait. Marianne était toujours dans sa loge; elle paraissait fort attentive au spectacle. C'était trop beau pour durer. Comme le rideau tombait pour la seconde fois, l'écuyère, que je ne perdais pas de vue, se leva, et, ayant l'air de répondre à une personne qu'elle venait d'apercevoir à l'orchestre, elle fit, de la main, un geste qui signifiait: « J'y vais; » et sortit aussitôt précipitamment. Ainsi que moi, Édouard avait dû remarquer l'action de Marianne; cependant je constate, à sa louange, qu'il ne broncha point de sa place. Moi, j'avais déjà quitté la mienne.

« — Vous sortez encore, monsieur Théodore? me dit Pauline.

« — Oui... pardonnez-moi, madame... mais... ces oranges m'ont écœuré... Le temps de prendre un verre d'eau et je remonte.

« Marianne se promenait, en face du théâtre, de l'autre côté du boulevard. J'allai droit à elle, et, la saluant:

« — Pardon, madame, lui dis-je, vous attendez M. Édouard Mansion, n'est-il pas vrai? M. Édouard Mansion ne viendra pas. Mais, à son défaut, me voici, moi, son ami, tout prêt, si vous le permettez, à causer avec vous.

« — Causer avec moi, vous, monsieur! fit-elle, d'une voix saccadée. Et à quel propos? Je ne vous connais pas!

« — Il est possible, madame, mais moi, je vous connais. Et beaucoup!

« — Ah! D'où donc cela?

« — Mais, quand ce ne serait que d'hier, madame. Est-ce que vous ne vous souvenez pas que j'étais hier au soir au café des Variétés, avec M. Édouard Mansion, quand il vous a plu de me priver de sa société?...

« — Alors, monsieur, c'est de la part de M. Édouard Mansion que vous venez à moi? C'est lui qui vous a chargé de me dire...

« — Du tout, madame. M. Mansion ne m'a chargé de rien... C'est de mon chef que je suis ici en ce moment.

« — Et dans quel but?

« — Mais, je vous le répète, dans le but d'avoir avec vous un entretien de quelques minutes. « Je sais que vous attendez M. Mansion. Je sais, également, que M. Mansion n'abandonnera pas la personne avec laquelle il se trouve au théâtre. Eh bien! puisque M. Mansion' vous manque... acceptez moi comme cavalier en son lieu et place. Vous prenez mon bras, et nous nous promenons tout doucement sur les boulevards... à moins que vous ne préfériez pousser jusqu'au bois de Boulogne, en voiture. La soirée est belle... voici justement là-bas une *victoria* où nous serons à ravir. Allons, madame, ordonnez. La promenade à pied ou en voiture?

« Marianne me regardait, étourdie de mon aplomb.

« — Décidément, monsieur, c'est une gageure, dit-elle. Vous voulez que j'aille me promener avec une personne... dont je ne sais pas même le nom!...

« — Je me nomme Théodore Spindler, artiste peintre, madame, répliquai-je.

« — Eh bien, monsieur Théodore Spindler, en admettant que j'acceptasse votre offre... que résulterait-il, s'il vous plaît, de la conversation que nous aurions ensemble?

« — Ah! permettez, madame, je ne suis pas sorcier pour lire ainsi dans l'avenir. Je ne vous cache pas, toutefois, que j'espère un peu en mon éloquence, et beaucoup en... votre raison, pour employer avec fruit les instants d'entretien que je sollicite de votre complaisance.

« Marianne réfléchissait. Soudain, elle se plaça en face de moi, et me regardant dans les yeux :

« — Jurez-moi sur ce que vous avez de plus sacré, monsieur, dit-elle, que ce n'est point M. Édouard Mansion qui vous envoyé à moi?

« — Je vous le jure, madame.

« Elle hésita encore, puis, passant son bras sous le mien et m'entraînant vers la voiture découverte :

« — Eh bien, venez donc alors, monsieur, reprit-elle; je consens à vous entendre.

« En prenant place, à côté de Marianne, sur les coussins de la *victoria*, je me disais, songeant à ce que les apparences avaient contre moi à cette heure : « Ah! si Louise me voyait!... »

« Mais Louise était loin! Bien loin! D'ailleurs je me sentais fort de la pureté de mes intentions.

« — Au bois de Boulogne, criai-je au cocher.

« De l' Ambigu-Comique au Gymnase, environ, nous n'échangeâmes pas un mot. Marianne m'étudiait à la dérobée; moi, j'étudiais mon rôle... mon rôle d'avocat des faibles et des opprimés.

« — Et puis, monsieur, fit tout à coup l'écuyère, j'attends, vous savez : qu'avez-vous à me dire?

« — Mon Dieu, madame, repartis-je, ce que j'ai à vous dire est fort simple, et je ne chercherai pas à l'embrouiller par de longs préambules. J'aime beaucoup Édouard Mansion... qui est un grand artiste et un homme de cœur. Hier, dans un moment d'épanchement, Édouard Mansion m'a confié sa position. Cette position est fausse... archifausse... je serais heureux de l'en sortir, et j'ai compté sur vous pour m'y aider.

« Marianne m'avait écouté attentivement.

« — Monsieur, répliqua-t-elle, je pourrais, sans trop de peine, pour me venger de la manière assez cavalière dont vous m'avez abordée tout à l'heure, feindre de ne vous point comprendre et vous obliger par là à vous noyer dans des détails explicatifs. Mais il n'a jamais été dans mon caractère de me divertir aux dépens même de mes ennemis... car vous êtes mon ennemi, monsieur, avouez-le... puisque vous êtes l'ami de mademoiselle Pauline?

« — On peut être l'ami d'une femme, sans être absolument l'ennemi de sa rivale, madame... et je vous atteste, au contraire, que, pour le mal que je vous souhaite, je serais fort enchanté d'apprendre... que vous allez gagner demain cent mille francs à Londres.

« — Ah! ah! Édouard vous a parlé de mon engagement à Londres?

« — J'ai eu l'avantage de vous dire, madame, que, depuis hier, Édouard n'avait plus rien de secret pour moi.

« — Enfin, je ne le conteste pas... vous êtes bien instruit, monsieur; j'ai voulu partir pour Londres... j'ai voulu rompre tout à fait avec Édouard. Mais s'il me plaisait aujourd'hui de revenir sur ce que j'avais décidé hier, qu'en penseriez-vous?

« — Je penserais que vous auriez tort, madame, grandement tort.

« — Et pourquoi?

« — Parce que, en ne brisant pas avec des amours qui n'ont déjà que trop duré, vous feriez le malheur d'Édouard et...

« — Et de mademoiselle Pauline... Achevez donc.

« — J'allais achever, madame, il était inutile de m'y inviter. Oui, en vous obstinant à demeurer la maîtresse d'Édouard, vous plongeriez plus profondément que jamais dans la douleur une femme... digne, sous tous les rapports, des sympathies des honnêtes gens!... Et ce n'est pas tout, madame, votre obstination, à ce sujet, aurait encore des conséquences fâcheuses... relativement à deux autres personnes... qui méritent bien aussi qu'on songe à elles!

« — Quelles personnes, monsieur?

« — Le père et la mère d'Edouard, madame; son père et sa mère, auxquels il avait annoncé, hier, qu'il était libre enfin... qui s'en étaient réjouis... et qui, en apprenant qu'Édouard les a trompés... qu'il est encore et toujours votre amant... seront au désespoir.

« — Au désespoir, le père et la mère d'Édouard parce qu'il est toujours mon amant! fit Marianne, en frappant avec véhémence du pied sur le devant de la voiture. Ah çà! pour qui me prenez-vous, monsieur, avec vos histoires, et depuis quand un homme de l'âge de M. Édouard Mansion n'est-il pas libre d'aimer... qui bon lui semble, sans que ses parents y trouvent à redire? Que mademoiselle Pauline Didier soit ennuyée de mes rapports avec Édouard... je le comprends encore... quoique, après tout, depuis qu'elle le connaît, elle doive s'être habituée à ce genre de chagrin, cette demoiselle!... Eh! eh!... je ne suis pas la première à laquelle il l'ait sacrifiée, tout le monde sait ça!... Enfin, j'admets que mademoiselle Pauline Didier se plaigne de moi... j'admets qu'elle désire que mon intimité avec Édouard ait un terme... mais le père et la mère d'Édouard, quel mal, quel tort cette intimité peut-elle leur faire? Expliquez-le-moi, je vous prie! Est-ce que j'empêche Édouard d'aller les voir, les embrasser tous les jours? Je ne suis pas jalouse d'eux. Peut-être est ce à cause de l'argent que leur fils dépense pour moi que ces bonnes gens se révoltent? Eh! ce ne serait pas moi, c'en serait une autre qui lui coûterait de l'argent! Toutes les femmes coûtent de l'argent à Paris... comme partout, je présume.

« — En effet, madame, toutes les femmes... à Paris, comme partout... coûtent... plus ou moins d'argent à leurs amants, mais toutes ne leur coûtent pas aussi la perte de leur réputation... de leur intelligence.

« — Qu'est-ce à dire, monsieur, et de quoi m'accusez-vous là? Je serais cause de la perte de la réputation et de l'intelligence d'Édouard, moi!.. moi, qui suis fière de ses succès!... Moi, qui aime en lui l'artiste avant l'homme!

« — Si vous aimez tant l'artiste, madame, pourquoi donc alors l'avez-vous tué?

« — Mais vous divaguez, monsieur! Vous divaguez! J'ai tué l'artiste! Mais, encore une fois, la gloire d'Édouard Mansion est une religion pour moi...

« — Une religion étrange, madame, qui consiste, à ce qu'il paraît, à réduire l'objet de son culte à la stérilité, au lieu d'exalter sa puissance. Tenez, madame.. vous êtes de bonne foi, peut-être. Oui! je veux croire à la sincérité de votre passion pour Édouard... et, comme la passion aveugle, je veux croire également à votre surprise en face des reproches que je vous adresse en cet instant. Cependant, répondez : depuis un an bientôt qu'Édouard est avec vous, qu'a-t-il produit comme compositeur? Sans doute, avant de vous connaître, Édouard n'était point demeuré fidèle à Pauline. Sans doute, il avait eu dix, vingt, trente maîtresses peut-être avant vous... Mais, ces maîtresses, d'abord, jamais il n'en avait gardé aucune aussi longtemps qu'il vous a gardée, — ce qui faisait que, sur la quantité, Pauline n'en avait, tout au plus, deviné l'existence que de trois ou quatre! — Ensuite, et c'est là le point capital, tout en ayant ces maîtresses, tout en dépensant tour à tour quelques heures dans le boudoir de chacune d'elles, Édouard savait encore trouver le temps de pratiquer son art... — Depuis qu'Édouard est votre amant, madame, il semble que toute flamme, autre que celle que vous avez allumée dans ses sens, se soit éteinte en lui! Il me le disait hier lui-même. En une année il n'a pas écrit une ligne! Une note! Comment pourrait-il en être autrement? Il ne sait plus entendre qu'une chose : le bruit de vos paroles d'amour. Ce bruit, qui active la circulation du sang dans ses artères, ce bruit, par une opposition singulière, engourdit la pensée dans son cerveau. Dans vos bras, c'est l'amant le plus tendre, le plus charmant; hors de vos bras, ce n'est plus qu'un homme de la plus attristante espèce, un de ces hommes qui se contentent de vivre sur le passé, à l'âge où le présent et l'avenir tout entiers ne devraient pas paraître assez vastes à leur ambition. Et maintenant, madame, comprenez-vous que le père et la mère d'Édouard aient, comme Pauline, le triste droit de se voiler la face en sachant leur fils au pouvoir d'une femme qui, — malgré elle, je le veux bien croire, — l'a réduit à une situation aussi déplorable! Comprenez-vous qu'un ami d'Édouard vienne vous dire : ayez pitié non-seulement de ceux qui l'aiment, ayez pitié aussi de ceux qui l'admirent! Rendez à l'artiste son talent en vous séparant de l'homme. Il vous en coûtera peut-être beaucoup de renoncer aux caresses d'Édouard Mansion, mais quel dédommagement pour notre douleur lorsque vous entendrez applaudir quelque chef-d'œuvre... qui, sans votre sacrifice, serait peut-être resté éternellement enfoui dans l'âme du maître!

« Je me taisais; Marianne, écartant ses mains, dont elle s'était couvert le visage pendant la fin de mon discours, me laissa voir ce visage inondé de larmes.

« — Je vous remercie, monsieur, dit-elle doucement, vous m'avez dicté mon devoir, je le remplirai. Je ne suis pas une méchante femme, allez, non... j'aimais véritablement Édouard. Seulement je le reconnais... je l'aimais mal. Vous avez raison; ce qu'il faut au génie, ce sont des amours d'un jour. Ou bien .. pour qu'elle dure, sans lui être nuisible, une affection dans le genre de celle qui existe entre Édouard et mademoiselle Didier... composée de plus d'amitié que de passion. Enfin, je vous le répète, monsieur, je profiterai de vos conseils. Oh! je serais une misérable si je les méprisais! Édouard ne me reverra plus. Dès demain je partirai pour Londres!...

« Marianne sanglotait. Quoique je me rappelasse ce que m'avait dit Édouard : que l'écuyère pleurait comme elle voulait... — un talent qu'elle avait de commun, d'ailleurs, avec la plupart des femmes, — il eût été maladroit de ma part, en ce moment, de jouer au sceptique. Donc, prenant un maintien attendri, je voulus essayer de quelques paroles consolantes.

« — Plus un mot, je vous en prie, monsieur, interrompit-elle. Plus un mot! Il est tard. Auriez-vous la bonté d'ordonner qu'on me ramenât chez moi...

« La voiture roulait rapidement dans les Champs-Élysées. Immobiles et muets, tous deux, chacun dans notre coin, Marianne et moi, nous avions l'air d'amants qui se boudent. A quoi pensait Marianne? je l'ignore, mais ce que je sais, c'est que je me félicitais, moi, d'avoir si bien réussi, du premier coup, à briser cette chaîne que je m'étais solennellement juré de briser. *Vanitas vanitatum omnia vanitas!*... Minuit sonnait lorsque je déposai Marianne à sa porte, rue Neuve-Saint-Georges. En me disant adieu, elle renouvela son serment de quitter Paris dès le lendemain. A minuit et demi, j'étais chez moi.

« — M. Édouard Mansion attend monsieur au salon, me dit Joseph.

« J'entrai au salon.

« — Eh bien? me cria Edouard.

« — Eh bien, c'est fini.

« — Allons donc! elle a consenti...

« — A renoncer à vous, immédiatement; oui.

« — Et que lui avez-vous dit pour l'amener là?

« — Ma foi, je ne me rappelle pas trop! Je lui ai parlé de Pauline, de vos parents, de votre fortune... de votre avenir...

« — Et elle ne vous a pas envoyé paître?

« — Non! C'est elle qui s'est envoyée à Londres. Elle part demain.

« — Demain!... Ah! elle part demain!...

« Édouard fixait son regard pensif sur le parquet.

« — Et puis, repris-je, est-ce que cette nouvelle, que je m'imaginais devoir vous combler d'aise, vous serait désagréable, mon cher ami? Regretteriez-vous mademoiselle Marianne, par hasard, et ne seriez-vous point disposé, — comme la femme de Sganarelle, — à me demander, à présent, de quoi je me mêle, en vous délivrant d'une maîtresse... qui faisait pis que de vous battre, pourtant... qui vous déshonorait!

« Édouard tressaillit : ses pommettes se couvrirent d'une vive rougeur; ses yeux étincelèrent.

« — Mon bon Théodore, dit-il, je serais le dernier des hommes si je répondais à ce que vous venez de faire, pour moi, autrement que par l'expression de la plus profonde reconnaissance. Libre! Je suis libre enfin!... Je ne reverrai plus cette femme qui, depuis un an, m'avait enlevé le repos, la considération, l'amour du travail... le respect des gens que j'aime!... Et vous me mépriseriez au point de croire que l'ombre seulement d'un regret obscurcirait ma joie en cet instant! Oh! Mais, s'il en était ainsi, il ne suffirait pas de me mépriser, il faudrait m'envoyer aux Petites-Maisons! Si quelque chose a comprimé l'élan de cette joie, mon ami, ç'a été son immensité même. Maintenant que je suis plus calme, je vous remercie comme je le dois, de tout cœur. Marianne part demain, vous êtes content, je le suis aussi, laissons donc ce sujet pour nous occuper d'un autre plus important. Vous allez vous remettre au travail...

« — Oh ! dès demain.

« — Bon ! Et votre promesse ?

« — Quelle promesse?

« — Mais relativement à Pauline?

« — Ah ! c'est juste !... Eh bien, ma promesse tient toujours, parbleu ! Elle tient plus que jamais. Dans quinze jours, on publie nos bans... dans un mois, nous sommes mariés... C'est comme si le notaire y avait passé.

« — Restez dans ces bonnes dispositions, mon cher Édouard, et, en attendant qu'elles se réalisent... il est une heure ; vous savez...

« — C'est vrai. Mais j'y songe... avec tout cela nous n'avons ni dîné ni soupé. Théodore. Si je disais à Pauline de se rhabiller, et si nous allions à la Maison-d'Or?

« — Merci. D'abord je n'ai pas faim. Ensuite...

« — Ensuite?

« — Ensuite, on risque de rencontrer trop de monde à la Maison-d'Or.

« — Bah ! quelle idée ! Vous supposeriez...

« — Je suppose, mon cher Édouard, que, si vous étiez sage... bien sage... vous vous enfermeriez à clef chez votre Pauline jusqu'à ce que vous fussiez positivement certain que Marianne vogue vers l'Angleterre. Voilà le conseil que j'ai à vous offrir.

« Deux jours s'étaient écoulés sans que j'eusse revu Édouard Mansion, et j'avoue que je n'étais pas sans m'étonner d'un abandon aussi complet, après tant et de si brûlantes protestations de reconnaissance. Toutefois, retenu par un sentiment de discrétion, je n'avais point voulu, ces deux jours durant, entrer m'informer de lui chez Pauline. D'ailleurs, malgré tout l'intérêt que je leur portais, je ne pouvais pas non plus passer ma vie à ne m'occuper que des amours des autres. Et les miennes, donc ! Le tableau représentant une vue de Provins... — ce fameux tableau qui devait être un de mes présents de noces... — était ébauché. J'avais écrit à Louise ma première lettre... — une lettre de quatre pages aux lignes fines et serrées comme celles d'une colonne du *Journal pour tous*... — et j'attendais avec impatience sa réponse. Le matin du troisième jour qui suivit la partie de Gournay, je venais de m'installer devant mon chevalet, lorsque, sous prétexte de chercher un plumeau égaré, Joseph entra dans l'atelier. Il parlait tout seul, tout en furetant de toutes parts; une manière à lui d'entamer la conversation.

« — Qu'y a-t-il, lui dis-je, et à qui en as-tu de grommeler ainsi ?

« — Je ne grommelle pas, monsieur... répliqua-t-il, seulement... je suis ennuyé, là, très-ennuyé de ce que cette petite dame ne soit pas heureuse... parce que je l'aime beaucoup, moi, cette petite dame.

« — Quelle petite dame?

« — Mais la voisine de monsieur... mademoiselle Pauline Didier.

« — Et sur quoi fondes-tu cette opinion que ma petite voisine n'est pas heureuse? demandai-je à Joseph.

« — Sur quoi ? Mon Dieu, monsieur, sur rien... et sur tout. Cependant, ce qu'il y a de positif, c'est qu'elle est très-souffrante depuis deux jours.

« — Souffrante ! Qui te l'a dit?

« — Sa bonne, monsieur, la vieille Jeanne, que j'ai rencontrée... à la minute... dans l'escalier, et qui m'a dit, en me montrant son panier de provisions : « Ma foi, je ne sais pas trop pourquoi je rapporte ça, moi, puisque, depuis deux jours, madame ne mange plus et ne fait que pleurer. »

« — Et pourquoi pleure-t-elle? Jeanne te l'a-t-elle appris aussi?

« — Dame ! monsieur... — Vous ne me gronderez pas de tailler comme ça, de temps en temps, une bavette avec Jeanne, n'est-ce pas, monsieur? Ce n'est point par curiosité, voyez-vous, c'est...

« — Oui, oui... c'est par intérêt... Mais réponds-moi; sais-tu à peu près le motif du chagrin de mademoiselle Pauline?

« — A peu près ! Je le sais tout à fait, monsieur, et le voici : il paraîtrait que, depuis deux jours... depuis qu'elle a été avec monsieur et lui se promener à la campagne... mademoiselle Pauline n'a pas revu M. Édouard Mansion.

« — Tu en es bien sûr ?

« — Très-sûr, monsieur, puisque je le tiens de Jeanne. Cette bonne femme, qui est depuis longtemps au service de mademoiselle Pauline, est toute sens dessus dessous de voir sa maîtresse dans un état affreux. Elle me contait, qu'hier au soir, mademoiselle Pauline était restée jusqu'à une heure du matin à sa fenêtre, à guetter si M. Édouard arrivait, et que, lorsqu'elle s'est décidée enfin à se mettre au lit, elle avait la figure si bouleversée, mais si bouleversée, que ça faisait frémir !

« — Donne-moi vite ma redingote, mon chapeau.

« — Ah ! monsieur va rendre visite à mademoiselle Pauline. C'est bien ce que monsieur fait là !... Mais monsieur ne lui dira pas pourtant... que Jeanne...

« — Je ne lui dirai rien, n'aie pas peur.

« — C'est que mademoiselle Pauline ne veut pas qu'on sache qu'elle pleure; elle se cache même de sa vieille domestique, et...

« — Et je ne lui dirai rien, je te le répète. Range mes pinceaux, ma palette; je ne travaillerai pas davantage.

« J'avais descendu quatre à quatre l'escalier et sonné à la porte de Pauline. La vieille Jeanne, en m'apercevant, à l'issue de sa *bavette* avec Joseph, prit une mine effarée qui m'eût donné envie de rire en tout autre moment.

« Dans son trouble, la domestique s'en allait à sa cuisine au lieu de se diriger vers la pièce où se trouvait alors Pauline; mais Pauline avait reconnu ma voix, sans doute, car elle parut presque aussitôt sur le seuil de cette pièce.

« — C'est vous, monsieur Théodore ! s'écria-t-elle.

« — Oui, madame, c'est moi. Suis-je indiscret ?

« — Indiscret ! Et pourquoi donc? Mais je vous en veux, au contraire, de m'avoir négligée de la sorte depuis deux jours.

« — J'ai beaucoup travaillé, ces deux jours.

« — Ah !... à votre nouveau tableau ?

« — Oui, à mon nouveau tableau que nous vous ferons admirer lorsqu'il commencera à prendre tournure. Et vous, que faites-vous?

« — Moi, mais je travaille aussi... à ma tapisserie... Oh ! je ne reste jamais à rien faire !... Regardez... c'est un tabouret de piano que je brode pour Édouard. Trouvez-vous le dessin joli ?

« — Très-joli. Au fait, Edouard, que devient-il? Je ne l'ai pas aperçu depuis notre promenade à Gournay.

« — Ah !... il n'est pas allé vous voir depuis ce temps! C'est mal; mais il faut l'excuser. Il est très-occupé, je crois... très-occupé... d'un opéra qu'il prépare pour cet hiver.

« — Fort bien ! Alors vous l'avez vu, vous... hier et avant-hier ?

« — Certainement !... Oh ! il ne se passe pas un jour sans qu'il me rende une petite visite !... Et, tenez, tantôt, quand il viendra, je le gronderai pour vous, je vous le promets... je le gronderai sévèrement.

« La tapisserie échappa des doigts de la jeune femme. Deux grosses larmes roulèrent le long de ses joues... tout droit... sans dévier d'une ligne... comme des larmes habituées à trouver un chemin tracé... Ma main s'avança vers sa main qu'elle serra doucement. Nous demeurâmes ainsi, sans parler, quelques secondes.

« — Et, dis-je enfin à demi-voix, vous a-t-il écrit un mot, du moins, depuis deux jours?

« — Non, murmura-t-elle.

« — Non... Alors... vous êtes allée chez lui?

« — Oui.

« — Eh bien?

« — Il n'y était pas...

« — Et où est-il donc?

« Un sourire indéfinissable effleura les lèvres de Pauline.

« — Où voulez-vous qu'il soit si ce n'est chez... cette femme!

« — Mais que vous a-t-on dit chez lui, enfin?

« — Rien.

« — Comment, rien!

« — Non. Son domestique me connaît bien, sans doute, mais ce garçon pouvait-il parler si son maître lui avait ordonné de se taire? D'ailleurs, je ne l'ai pas pressé!... Edouard me gronderait plus tard... comme il m'a déjà grondée en pareille circonstance.

« — Ah! Ce n'est donc pas la première fois qu'il lui arrive de s'éloigner ainsi tout à fait de vous... plusieurs jours?

« — Oh! non! Il y a cinq mois, il est resté trois semaines... trois semaines entières sans me donner de ses nouvelles. Et heureusement que je savais alors où il était... comme je le sais encore à présent... car enfin, n'est-ce pas, monsieur Théodore, dans le premier moment, on peut craindre un malheur... plus grand encore que celui qui existe... Il est vrai... et c'est ce qui me rassure un peu... que si Edouard était malade... blessé... il ne serait pas chez cette femme... il serait ici.

« Je m'étais levé brusquement; j'étouffais.

« Je m'accoudai, rêveur, sur le balcon. Ainsi, pensais-je, voilà à quoi a abouti mon entretien de l'autre soir avec cette infâme Marianne! Infâme!... mais qui est l'infâme d'elle ou de lui, et qui me dit que c'est plutôt elle qui est retournée à lui, que lui qui est retourné à elle! Et que faire à présent, que faire? M'informer de la demeure de Marianne... y courir... en arracher, s'il le faut, de force, cet insensé qui s'obstine à s'anéantir dans de honteuses amours! Mais, d'abord, pourrai-je arriver jusqu'à lui, et si j'y arrive, suis-je son père pour lui ordonner de me suivre! Une telle démarche ne saurait avoir que de funestes résultats.

« — Monsieur Théodore, à quoi songez-vous?

« — Je songe...

« — Au moyen de ramener Edouard, n'est-il pas vrai?

« — En effet, madame... je cherchais...

« — Eh bien! ne cherchez pas davantage, monsieur... c'est inutile. Je n'ai pas aimé Edouard pendant huit ans pour ne pas avoir appris à le connaître. Edouard est tendre et bon au fond, mais sa nature est, avant tout, toute pétrie d'orgueil. Pour qu'il renonçât à cette femme... qui a su prendre sur lui un ascendant si extraordinaire... il faudrait que quelque circonstance subite... imprévue... le contraignît à rougir d'elle. Jusque-là... il promettra, il jurera de la quitter... et il ne la quittera pas... il ne la quittera pas justement parce que tout le monde lui conseille de la quitter.

« — Mais cette femme, il ne l'aime plus... il me l'a dit... à moi, en propres termes... et sans que je le lui eusse demandé.

« — S'il ne l'aimait plus, il ne vous l'aurait pas dit... il se serait contenté de ne la plus aimer.

« — Mais enfin... cette circonstance subite... imprévue... qui le contraindrait à rougir de cette femme et à la fuir... de quelle espèce pourrait-elle être à votre sens?

« Pauline baissa les yeux.

« — Ah!... j'y suis! m'écriai-je. Oui!... oui!... Si l'on prouvait à Edouard que cette femme le trompe... ou l'a trompé...

« — Mais ce n'est ni moi ni vous qui essaierons de le lui prouver, n'est-ce pas? D'ailleurs...

« — D'ailleurs?

« — Qui dit que cette femme l'ait trompé depuis qu'elle est avec lui?

« — Qui le dit? Mais moi, parbleu! Moi, qui suis convaincu que Marianne Philippeaux, l'écuyère, n'est pas restée fidèle douze mois de suite à un amant!...

« — En tout cas, si elle lui a été infidèle, vous voyez qu'elle a été assez habile pour qu'il ne le sût pas...

« — Mais je puis le savoir, moi, et...

« — Et vous iriez le révéler à Édouard! Allons donc!... Est-ce que vous êtes capable de cela? Dénoncer une femme... quelle qu'elle soit... voilà ce qu'un homme comme vous ne fera jamais!

« — Vous avez peut-être raison, mais alors puisque vous n'admettez pas que personne puisse dessiller les yeux d'Édouard... dans l'hypothèse même d'une trahison... sur quoi ou sur qui comptez-vous donc pour qu'il arrive un jour à avoir honte d'être l'amant de cette femme?

« — Sur cette femme elle-même, le jour où... dépitée de quelque refus... fatiguée peut-être d'un bonheur dont elle n'est pas digne... elle laissera voir à Edouard qu'elle ne l'aime plus, et qu'elle en aime ou qu'elle est près d'en aimer un autre.

« Je poussai un soupir auquel un soupir échappé de la poitrine de Pauline répondit comme un écho.

« — Je vous comprends, dit-elle, mon espérance repose sur un événement bien éloigné... bien improbable peut-être. Mais que voulez-vous? A moins de me jeter un de ces soirs du haut de ce balcon, il faut bien que je me résigne à attendre que le bon Dieu ait pitié de moi... en poussant cette femme à quitter Edouard... puisque autrement, j'en suis sûre, il ne saura jamais la quitter, lui!

« J'étais sorti de chez Pauline en lui promettant une nouvelle visite pour le lendemain.

Quatre heures sonnaient quand je remontai chez moi. Au bout d'un instant, un violent coup de sonnette me fit bondir sur ma chaise. — Quel est l'animal qui sonne ainsi! m'écriai-je. L'animal était un commissionnaire, — un Auvergnat naturellement; et les Auvergnats ne sont pas réputés comme légèreté de main, — qui m'apportait une lettre... une lettre qu'il ne devait remettre qu'à moi... et à laquelle il y avait une réponse. J'avais commencé, en recevant cette lettre, par en examiner la suscription. L'écriture m'en était inconnue. Je rompis le cachet, et je cherchai la signature... Et, à l'aspect de cette signature, un éclair de joie jaillit de mes yeux. C'était Édouard Mansion qui m'écrivait. Et voici à peu près ce que me disait sa lettre:

« Mon cher Théodore,

« Ce n'est plus du mépris que je dois vous inspirer, « c'est du dégoût, je le sais, et, cependant, j'ai une telle « confiance en votre générosité que j'ose y recourir en- « core. Il n'est qu'un moyen de me délivrer d'un lien « fatal. Marianne ne partira pas.... elle ne veut plus « partir. Eh bien, c'est donc à moi de la fuir. Mais fuir « seul, je me connais; je ne serai pas sorti de Paris que « le courage me manquera. Une dernière preuve d'a- « mitié, Theodore: venez à moi, accompagnez-moi dans « le petit voyage que j'ai projeté. Ce soir, je puis être li- « bre; trouvez-vous, à minuit, rue d'Amsterdam, à la « gare des chemins de fer de l'Ouest; je vous y atten- « drai. Nous irons au Havre... ou à Dieppe... nous y « resterons quinze jours, trois semaines, un mois, et il « faut espérer qu'au bout de ce temps, déshabitué de

« plaisirs énervants, distrait par des images nouvelles,
« j'aurai enfin recouvré, tout entier, l'exercice de ma
« raison. Ne me refusez pas, je vous en supplie.
« Un *oui* seulement à l'homme qui vous remettra cette
« lettre, et je vous attendrai ce soir au rendez-vous con-
« venu. Et que, si vous consentez, comme je l'espère,
« à m'accompagner, croyez-moi, ne parlez pas de ce
« voyage, même à Pauline. Il faut se défier de tout. Ma-
« rianne est si fine, si adroite! Elle arracherait son se-
« cret à une tombe. — A bientôt, n'est-ce pas? A ce
« soir. Minuit. Je me suis informé, il y a un départ
« pour Dieppe et le Havre à minuit et quart. Ne vous
« chargez point de valises, de malles, de paquets, nous
« achèterons tout ce qu'il nous faudra là-bas, et, comme
« de raison, c'est moi qui vous défraierai de tous frais;
« vous ne me contesterez pas ce droit. Au revoir, et merci
« d'avance. ÉDOUARD. »

« — Et puis? fit le commissionnaire, — après m'avoir accordé, en homme qui sait son métier, deux à trois minutes de réflexion, et puis, not' bourgeois, quoi que vous répondez au monsieur qui m'envoie? Il m'a dit que je n'avais qu'à lui rapporter un oui ou un non!...

« — C'est : oui.

« Le commissionnaire n'était pas parti que je descendais, à bride abattue, chez Pauline.

« — Qu'y a-t-il donc? fit-elle, me voyant accourir à elle tout joyeux.

« — Il y a, ma chère voisine, que je viens vous apprendre que je pars ce soir.

« — Ah!... Vous retournez à Provins... près de votre future?

« — Non! Je m'en vais avec un ami... auquel l'air de Paris est malsain... qui veut rétablir sa santé à la campagne.

« Pauline tressaillit. — Édouard vous a écrit? balbutia-t-elle.

« — Oui.

« — Et vous partez en voyage avec lui?

« — Oui.

« — Tous deux?

« — Parbleu! Puisque vous ne venez pas avec nous, qui est-ce qui y viendrait donc?

« — Et... et... cette idée de voyage... c'est une idée à lui?

« — Sans doute.

« — Une idée... pour se séparer de cette femme?

« — Certainement.

« — Oh!... c'est bien, cela!... c'est très-bien!... Mon pauvre Édouard!... Et cette lettre qu'il vous a écrite, est-ce que vous ne pouvez pas me la montrer... vous ne l'avez pas là?

« — Si! mais, c'est que...

« — Édouard redoute que vous ne sachiez pas garder notre secret.

« — Comment! il peut croire...

« — Il croit que mademoiselle Marianne, si elle le voulait bien, vous arracherait les paroles de l'âme; mais comme je n'ai pas cette crainte, moi, voici la lettre d'Édouard, ma chère Pauline... lisez-la.

« Pauline hésitait maintenant à prendre la lettre.

« — Allons, lui dis-je en lui mettant le papier entre les doigts, parce que, poussant les choses à l'extrême, — comme font quelquefois certains coupables désireux de réparer leurs fautes, — Édouard, à force de se défier de lui, a fini par se défier de tout, est-ce un motif pour lui garder rancune?

« Pauline lut la lettre et la relut d'un bout à l'autre.

« — C'est égal, murmura-t-elle, il vaut mieux ne pas avouer à Édouard que vous m'avez montré cette lettre, n'est-il pas vrai?

« — Je ne le lui avouerai pas non plus, ne vous tourmentez pas, pauvre brebis!

« — Et combien de temps resterez-vous... au Havre ou à Dieppe?

« — Mais... vous l'avez lu... quinze jours, trois semaines, un mois... le temps nécessaire à la guérison radicale de notre malade.

« — Oh! il est certain que, s'il peut s'habituer pendant quinze jours seulement... Pourtant, quoique je sois plus tranquille maintenant, j'aurais été bien heureuse aussi...

« — De recevoir quelquefois des nouvelles de lui? Il vous écrira, je vous le promets encore... il vous écrira souvent.

« — Mais c'est qu'alors il faudra donc qu'il me dise où il est.

« — Eh bien! il vous le dira; voilà tout. Nous l'y amènerons... sans trop le violenter... laissez-moi faire.

« — Oh! je m'en rapporte bien à vous. Vous êtes si bon, monsieur Théodore! Oh! oui, vous êtes bien bon... car enfin, cela vous dérange peut-être, ce voyage.

« — Franchement, je m'en serais volontiers passé. Encore si vous vouliez travailler à mon tableau pendant mon absence!

« — Oh! si je le pouvais!... C'est juste, vous nous avez conté cela; ce tableau que vous faites est pour votre future, et elle se fâchera si vous ne le lui donnez pas... à l'époque fixée...

« — Non, elle ne se fâchera pas... parce qu'elle m'aime, je crois, comme vous aimez Édouard, et que lorsque je lui apprendrai...

« — Lorsque vous lui apprendrez...

« — Nous causerons de tout cela plus tard. Je m'en vais dîner. Au revoir. Ce soir, en passant, j'entrerai vous dire adieu.

« — Oh! oui, n'y manquez pas, je vous en prie.

« — Et prendre vos commissions.

« — Mes commissions?

« — Dame... je ne vous garantis pas que, si vous me donniez, par exemple, deux bons baisers pour Édouard, je les lui remettrais aussi ardents que vous pourriez le souhaiter... mais enfin... l'intention y serait du moins; et si cela ne vous coûte pas trop de me prendre pour messager...

« Je n'avais pas achevé que Pauline, me sautant au cou, déposait sur mes joues les deux baisers à l'adresse d'Édouard.

« Quoi qu'en eût dit Édouard, j'avais ordonné à mon domestique de me préparer un sac de nuit. C'est très-bon d'obliger les gens, mais c'est très-bon aussi de pouvoir changer de chemise, en arrivant au but de son voyage, sans être forcé pour cela de courir les boutiques. A minuit moins un quart, heure militaire, je descendais de voiture à la gare, rue d'Amsterdam. Comme je posais le pied sur le trottoir, Édouard Mansion, — qui guettait mon arrivée à quelques pas, — Édouard Mansion, le visage enfoui sous la visière d'une affreuse casquette, s'élança vers moi.

« — Vous voilà! fit-il d'une voix émue. Quel bonheur! Ah! mon ami, demandez-moi un jour ma vie, mon sang...

« — Oui, oui, vous m'avez déjà dit cela, il y a trois jours, et le lendemain...

« — Oh! ne me grondez pas, Théodore! Quand vous saurez...

« — J'espère bien tout savoir... Mais pas ici, je pense. Et nos places?

« — J'ai nos billets dans ma poche... des premières... je viens de les prendre à la minute. Nous pouvons monter à la salle d'attente. Dites donc, Théodore, nous allons à Dieppe si ça vous est égal. Je ne connais pas Dieppe, et vous?

« — Je le connais, mais peu m'importe. Ce n'est pas un voyage d'agrément que nous faisons, c'est un voyage de raison.

PARIS. — DEBONS-CADOT, ÉDITEUR, 70 bis, RUE BONA-ARTE. 45 — IMPRIMERIE CH. NOBLET, RUE SOUFFLOT, 18.

LE DÉMON DE L'ALCOVE
PAR HENRY DE KOCK.

Edouard, qui avait tout entendu...

« — Ah!

« — Quoi?

« — Rien!... Cette femme qui marche derrière nous?

« — Eh bien?...

« — Eh bien! est-ce que vous ne trouvez pas qu'elle a un faux air de Marianne?

« — Pas le moins du monde; d'ailleurs est-ce que vous avez prévenu Marianne que vous alliez à Dieppe par hasard?

« — Oh!...

« — Eh bien, alors, comment pouvez-vous croire...

« — Je ne crois rien, mon ami, mais que voulez-vous, c'est plus fort que moi : toutes les femmes que j'aperçois me donnent la chair de poule; je ne serai tranquille que lorsque le convoi sera en marche. Et Pauline, vous lui avez dit...

« — Je lui ai tout dit.

« — Tout?

« — Tout ce que je devais lui dire.

« — A la bonne heure! Elle a bien pleuré, hein, depuis trois jours?

« — Dame... il y avait de quoi, ce me semble.

« — Sans doute! Pauvre petite!... — Qu'est-ce que cette femme voilée, en face de nous, a donc à me dévisager ainsi?

« — Hein? cette femme voilée? Elle est bossue, ce ne peut être Marianne.

« — Oh! c'est que vous ne vous imaginez pas, mon ami, le ton singulier de Marianne, ce soir, quand je l'ai quittée... soi-disant pour aller entendre un acte à l'Opéra-Comique. Elle est indisposée depuis ce matin; c'est pour cela que j'ai pu courir tantôt dans un café, vous écrire. Ce soir, après-dîner, j'ai eu l'air de me sentir mal à mon aise, à mon tour, et elle a été la première à m'engager à sortir. Cependant, lorsque j'ai pris mon chapeau... elle m'a dit : « Ne sois pas trop longtemps, surtout! » d'une façon si drôle!...

« — Enfin, vous êtes bien certain qu'elle ignore votre projet?

« — Parbleu! Comment l'aurait-elle découvert? je ne m'en suis confié qu'à vous.

« — Et vous êtes sûr aussi du commissionnaire que vous m'avez envoyé?

« — Ah! — à moins qu'il n'ait ouvert ma lettre, — si on le questionnait, ce n'est pas votre réponse qui nous compromettrait! Ah! çà, on ne partira donc pas! Il est minuit passé!... Tiens! vous avez pris un sac de nuit... moi, je me suis contenté d'acheter cette casquette, qui me rend méconnaissable, n'est-ce pas?

« — Vous ne comptez pourtant pas, je présume, vous promener dans Dieppe, pendant quinze jours, en casquette?

« — Non!... Oh! je me procurerai un chapeau là-bas... J'ai emporté de l'argent, soyez tranquille. Mille francs, est-ce assez pour nous deux?

« — Pour nous deux? Vous avez donc cru réellement que je me faisais payer par mes amis quand je leur rendais un service, mon cher Édouard?

« — Vous faire payer!... Qu'il est enfant!... Mais...

« — Mais nous voyageons à frais communs... c'est entendu... ou je vous plante là ! A prendre ou à laisser.

« — Je prends, je prends, sapristi ! — Ah ! l'on monte en voiture, Théodore !

« — Eh bien ! montons.

« — Dieu ! que cette bossue m'ennuie donc à me regarder de la sorte ! Elle ne va pas se mettre dans le même compartiment que nous, j'espère.

« — Et quand elle s'y mettrait ?... Décidément, que craignez-vous donc de cette pauvre femme ?

« — Est-ce que je sais, moi, Marianne a une de ses amies qui est bossue... vous concevez...

« — Et puis... quand cette bossue serait l'amie de Marianne ? Après ? Marianne n'est pas dans sa bosse, je suppose.

« Nous étions assis au fond d'une diligence dont Édouard s'était empressé de refermer sur nous la portière, toujours par mesure de prudence, et aussi dans le but de nous éviter la société de compagnons de route. Au reste, le nombre des voyageurs pour Dieppe étant assez restreint ce soir-là, l'espoir d'Édouard put se réaliser facilement. La formalité du visa des billets était terminée... Le coup de sifflet du départ retentit...

« — Enfin ! s'écria Édouard en bondissant dans son coin. Le convoi roulait.

« — Maintenant, mon cher ami, me dit Édouard, après avoir allumé une cigarette, entamons-nous le récit de ce qui s'est passé depuis trois jours ?

« — Entamons ! Mais, comme nous voyageons, non-seulement pour fuir mademoiselle Marianne, mais encore pour nous occuper d'elle le moins possible, je demande que votre récit, une fois fait, nous ne revenions plus dessus.

« — Adopté, mon ami, adopté !... C'est cela, je vous conte mes dernières sottises...

« — Et nous les laissons dormir en attendant que vous en commettiez d'autres.

« — Ah ! vous n'êtes pas indulgent, Théodore. Est-ce que je ne vous prouve pas, dès ce moment, que je suis décidé à en finir absolument avec Marianne ?

« — Ceci est une question que je demande quinze jours pour résoudre.

« — Il est possible... dans quinze jours, j'aurai acquis encore plus d'énergie pour résister à la tentation. Oh ! dans quinze jours, voyez-vous, mon ami, je veux rencontrer Marianne et ne pas la reconnaître.

« — Surtout, n'est-ce pas, si, durant notre absence, elle nous avait fait la grâce d'attraper quelque bonne petite vérole maligne qui la défigurât !

« — Vous plaisantez ? Mais lorsqu'elle m'a dit ce matin qu'elle souffrait, j'y ai pensé, moi, à la bonne maladie, comme punition du ciel.

« — Malheureux ! Si le ciel se mêlait de punir en cette affaire, ce serait par vous qu'il devrait commencer !

« — Par moi ! Mais vous vous abusez, Théodore ; le plus criminel depuis trois jours, ce n'est pas moi ! Certainement, il n'y a pas lieu non plus de me donner le prix Montyon, mais pourtant, si j'ai failli, c'est par faiblesse, moi... tandis qu'elle...

« — Enfin, le récit... hein ! Vous vous blanchirez après, si vous pouvez.

« — Je me blanchirai pendant. — Vous vous rappelez ma joie, n'est-ce pas, Théodore, à la suite de votre conversation avec Marianne ?

« — Mettons que je me rappelle votre joie.

« — Hein !... Vous pensez que j'avais quelque regret du départ immédiat de Marianne pour Londres ? Eh bien, vous vous trompez encore ; j'étais positivement enchanté, ravi, et cela est si vrai que, lorsque Marianne m'est apparue le lendemain, dans la journée, j'ai manqué de tomber à la renverse.

« — Mais vous êtes tombé dans ses bras.

« — Eh ! j'aurais voulu vous y voir, vous, Caton ! Tenez, Théodore, si je n'étais intimement persuadé que, grâce à votre sagacité naturelle, vous avez depuis longtemps deviné pourquoi j'appelle Marianne le *Démon de l'alcôve*, ce serait le moment de vous donner une explication... détaillée à ce sujet, car jamais, mieux que ce jour-là, Marianne ne mérita ce titre infernal. Elle était entrée chez moi, calme, froide, presque glaciale. « Édouard, m'avait-elle dit, pardonnez-moi, si, parjure à mon serment, j'ai voulu vous serrer encore la main avant de m'expatrier. Mais j'avais trop compté sur mon courage, hier. Votre main... votre main une seconde, Édouard... et adieu... Adieu !... » Ma main ! Quand une femme demande, en pleurant, sa main à l'homme qu'elle aime, il faudrait, n'est-il pas vrai, que cet homme fût de marbre pour prendre cette requête à la lettre... Et je ne suis pas de marbre, malheureusement !... Un baiser, un dernier baiser n'engage à rien, pensais-je dans ma pitié !... Et puis, ce sera le dernier !... Le dernier ! Ah ! mon ami, mes lèvres n'avaient pas effleuré les lèvres de Marianne que je compris la faute que je venais de commettre. Mais il était trop tard. Marianne, à mon contact, comme Antée au contact de la Terre, sa mère, avait reconquis des forces nouvelles. Terrible, presque effrayante, — oh ! mais belle aussi, trop belle, dans les transports de sa passion, — Marianne n'était plus une femme, alors, c'était une déesse, et la plus dangereuse des déesses ; Vénus Astarté, cette Vénus Astarté, dont les Grecs célébraient les mystères sous les myrtes en fleurs de l'île de Chypre et au culte de laquelle, dit-on, le grand roi Salomon, lui-même, sacrifiait comme le dernier païen, quand il était abandonné de Dieu. Que vous dirai-je, mon ami ? Après deux heures d'une ivresse indescriptible, lorsque j'entendis Marianne me parler de s'éloigner, je l'étreignis avec fureur, en lui criant : « Ne t'en va pas ! Je t'aime ! Ne t'en va pas ! Périssent mon talent, ma réputation, ma fortune ! Ne t'en va pas ! »

« — Et, à ce cri de vos sens en délire, Marianne, honteuse de vous et d'elle-même, ne vous repoussa point en s'enfuyant ?

« — Je mourrais aujourd'hui s'il me fallait te quitter, me dit-elle. Je partirai demain. »

« — Et le lendemain ?...

« — Le lendemain, elle me disait : « Je partirai dans huit jours. »

« — A ce compte, si vous fussiez resté la semaine entière avec elle ?...

« — J'en avais pour toute ma vie !

« — La misérable !... Et elle a osé me dire qu'elle n'était point méchante ! Mais c'est un monstre que cette créature... oui, un monstre, car elle sait bien maintenant... — puisque je le lui ai appris... — que, vous garder pour son amant, c'est enlever au monde un grand artiste.

« — Oh ! elle m'exprimait bien aussi, quelquefois, son désespoir à ce sujet... mais, comme nous n'en étions encore qu'aux huit jours de bail, elle se consolait en paraissant croire que, ce bail terminé, je pourrais me remettre au travail.

« — Bref, par quelle heureuse aventure, au sein de cette nouvelle période de possession, en êtes-vous venu à la pensée d'échapper à votre démon ?

« — C'était hier au soir ; j'étais assis près d'une fenêtre, dans la chambre à coucher de Marianne ; Marianne s'habillait, — nous allions au Cirque des Champs-Élysées, — un joueur d'orgue s'arrêta dans la rue, juste au-dessous de nos fenêtres, et se mit à jouer le *Miserere* du *Trovatore*. Que se passa-t-il en moi en entendant ce chant sublime ? Cela tient du prodige. Immobile et muet, le front appuyé contre la barre de la fenêtre, j'écoutais, dans une sorte d'extase. Les sons de l'instrument étaient faux et brisés... ils me semblaient harmonieux, enchanteurs comme ceux d'une harpe de Sébastien Erard !...

« — Jetez donc deux sous à ce gueux et qu'il se sauve! me cria Marianne. Il nous écorche les oreilles avec ses *ponts-neufs!* Ses *ponts-neufs!* Marianne appelait le chef-d'œuvre de Verdi un *pont-neuf!* Ah! ah!...vous allez rire, mon ami, mais, je vous le jure, à ce blasphème de l'écuyère je frissonnai, comme si elle m'eût adressé une injure sanglante! — Eh! quoi, pensai-je, voilà une femme qui se vante de m'aimer... moi... un musicien!... Et elle ne connaît même pas le *Miserere* du *Trovatore!* C'est puéril, n'est-ce pas, ce que je vous conte là, Théodore? Un amant prenant en haine sa maîtresse parce qu'elle ne se pâme point aux accords d'un orgue enroué!

« — Du tout! Le fait est, au contraire, très-significatif; j'y vois que tout sentiment pur n'est pas glacé en vous... Cependant, obéissant à Marianne, vous avez jeté les deux sous au joueur d'orgue pour le renvoyer?

« — Je lui ai jeté cent sous pour le remercier de m'avoir rappelé que j'avais autre chose à faire sur la terre que de m'abrutir en société d'une sotte qui...

« — Ne connaît même pas le *Miserere* du *Trovatore!* Eh bien, à votre place, Édouard, savez-vous ce que je ferais, quand je serais à Paris... de retour de notre pèlerinage à Dieppe?... Je chercherais cet orgue... dont les accords faux, mais bénis, vous ont ramené dans le bon chemin, et je le suspendrais, en manière d'*ex-voto*, dans quelque chapelle... Et je demanderais un poëme à un parolier quelconque, sous ce titre : l'*Orgue libérateur*. Enfin... votre narration se complète par deux mots, à présent, j'espère. L'incident du *Miserere* vous avait ouvert, je ne dirai pas les yeux, mais le cœur...

« — Oh! si bien ouvert, mon ami, que, de toute la soirée, je n'adressai pas dix paroles à Marianne.

« — Un assez mauvais moyen. Les femmes se défient quand on les boude.

« — Un excellent moyen avec Marianne. Lorsqu'on la boude un peu, elle boude beaucoup et cela lui prend sur les nerfs. Elle n'a pas fermé l'œil de la nuit; ce matin elle était malade, et j'ai pu, en me rendant chez le médecin, vous écrire ma lettre.

« — Cependant vous pensiez que, lorsque vous vous étiez séparé d'elle, ce soir, Marianne n'était point sans quelques vagues soupçons de vos desseins?

« — Oh! vous savez, la peur que j'en avais, rien de plus! Il est évident que puisqu'elle n'a pas quitté le lit de la journée...

« — Mais elle a une domestique?

« — Oh! la domestique est une grosse paysanne, une brave fille qui me l'aurait dit, si sa maîtresse lui avait ordonné de m'espionner. D'ailleurs, maintenant, nous n'avons plus rien à redouter, n'est-ce pas? Nous sommes sauvés, maintenant, absolument sauvés! Oh!... comme je vais m'amuser avec vous à Dieppe, mon ami! Que de plaisir je me promets. Vous verrez... vous verrez, quand j'ai pris une résolution, si je sais la tenir! J'ai de la peine à m'y mettre, c'est vrai, mais une fois que je m'y suis mis!... Pour commencer, c'est convenu... à dater de cet instant, je ne vous ouvre plus la bouche de Marianne...

« — Cela m'obligera.

« — Regardez donc, Théodore, quelle charmante nuit! C'est fait pour nous, ce temps-là. Nous prendrons des bains de mer, hein, là-bas? Vous nagez?

« — Un peu.

« — Moi je rendrais des points à un dauphin. Et puis nous irons nous promener en barque et en voiture. Est-ce gentil les environs de Dieppe?

« — Très-gentil.

« — Et il y a un théâtre dans la ville, je crois?

« — Oui, oui, il y a tout ce qu'il faut dans la ville pour se distraire, soyez tranquille.

« — Se distraire! mais nous irions dans un trou, dans un hameau de pêcheurs, que je serais aussi content, mon bon Théodore. — Ah!... c'est égal!... Édouard soupirait.

« — Qu'y a-t-il? lui dis-je.

« — Il y a, que je regrette, à cette heure, que vous n'ayez pas amené Pauline. Pauvre petite! Oh! aussi, je le jure bien, l'année ne se passera pas sans que je la conduise quelque part!... En Italie ou en Suisse... Qu'est-ce que vous en dites, Théodore?... Si... — quand je l'aurai épousée.... — je la conduisais à Rome ou à Genève? elle serait fièrement heureuse, hein!... Il y a ma mère aussi qui désire depuis longtemps connaître Londres... J'irai à Londres avec ma mère l'année prochaine... je m'arrangerai pour cela... — Tiens! nous nous arrêtons. Où sommes-nous donc?

« — A Rouen.

« — Bah!... Est-ce que nous pouvons descendre un moment?

« — Nous avons une demi-heure d'arrêt.

« — Eh bien! allons donc prendre quelque chose au buffet. J'ai très-mal dîné, moi, aujourd'hui... ou plutôt hier... Une aile de volaille et un ou deux verres de bordeaux me feront du bien.

A six heures et demie nous arrivions à Dieppe. Nous nous dirigeâmes vers l'hôtel des *Armes de France*.

« — Il est très-bien, cet hôtel, Théodore! Nous prenons des chambres qui aient vue sur le port, n'est-ce pas?

« — Certainement.

« — Oh! c'est que je passerais mes nuits à ma fenêtre, moi, à rêver, à travailler. Qu'est-ce que vous penseriez, Théodore, si je rapportais un opéra de Dieppe?

« — Je penserais que vous avez eu doublement raison d'y venir.

« — Eh bien, vous verrez, mon ami, vous verrez!... Je ne vous dis que cela!

« Comme bien vous pensez, je ne vous raconterai pas, heure par heure, cette première journée passée à Dieppe.

« Il était huit heures du soir. Le soleil se couchait au loin; la nuit arrivait peu à peu... D'un assez grand nombre de curieux venus là pour contempler le flux, — ce phénomène dont les causes furent si longtemps, comme celles du reflux, un problème pour l'homme, — nous étions restés, presque les seuls, sur la jetée, Édouard et moi... Et, quoiqu'il y eût près d'une heure que nous y fussions, nous ne songions point pourtant encore à nous retirer. Nous avions causé beaucoup... Maintenant, immobiles l'un près de l'autre, nous ne causions plus, nous rêvions... Je rêvais à Louise... Rêvait-il à Pauline, lui? Soudain, une voix prononça ces mots derrière nous... tout près de nous : Bonsoir, messieurs! Eh bien! est-ce que vous dormez là, tous les deux? Et, aux premiers accents de cette voix stridente, métallique, nous frissonnâmes involontairement, Édouard et moi; et, en même temps, tout d'une pièce, l'un et l'autre, nous nous retournâmes... Et l'un et l'autre, en même temps, nous poussâmes un cri. Nous avions bien reconnu la voix, lui et moi, mais nous avions espéré aussi, moi et lui, nous être trompés. Nous ne nous étions pas trompés!... C'était bien Marianne qui nous avait parlé! Marianne, souriante, — d'un sourire en harmonie avec sa parole, — railleur, insolent. Marianne avait trop longuement préparé ce coup de théâtre pour en gâter l'effet par une précipitation maladroite. Elle nous laissa donc bien le temps de la regarder, — comme Macbeth devait regarder l'ombre de Banquo, — puis, convertissant son sourire en un éclat de rire de même nature :

« — Ah! ah! ah! Mon Dieu, oui, messieurs, fit-elle, c'est moi! c'est bien moi! Vous ne vous attendiez guère à cette aventure, n'est-il pas vrai? Ah! je conçois! C'est ennuyeux. On s'en va, entre amis, saluer la mer bleue et le ciel rouge à Dieppe, et, vlan! comme dans les pièces féeries, voilà que le personnage qu'on fuyait... le *Démon de l'alcôve*, — ainsi que m'intitule très-spirituellement

M. Édouard Mansion, — sort de terre au moment où l'on pensait le moins à lui!... Ah! ah! ah!... mais, riez donc, messieurs, riez donc, au lieu de me faire cette mine piteuse! Quoique démon, je suis bonne fille au fond, et je ne vous en veux pas plus à vous, Edouard, de votre fugue, que je ne vous en veux, à vous, monsieur Spindler, d'avoir prêté votre assistance à ce caprice d'amoureux! Non! je ne vous en veux pas, messieurs, et, la preuve, c'est que je suis prête à accepter le bras du premier de vous qui aura la galanterie de me l'offrir...pour retourner à mon hôtel... à notre hôtel. Car, vous ne savez pas, je suis logée au même hôtel que vous... l'hôtel des *Armes de France*... un établissement confortable, très-confortable. Dame, écoutez donc, c'est bien assez, tout en voyageant avec vous, de m'être condamnée au martyre en secondes, tandis que vous vous prélassiez comme des pachas en premières!... Pour ne pas vous effaroucher tout de suite, j'ai consenti à me priver de votre société pendant la route, bon! Mais, maintenant que nous sommes au port, — c'est le cas de le dire, — c'est différent! Je tiens à ne pas trop me séparer de vous, messieurs... l'isolement pour une femme est quelquefois dangereux, vous ne l'ignorez pas. Et puis, il me semble que vous ne vous pressez guère, ni l'un ni l'autre, de me donner ce bras que je réclame, messieurs. Voyons!... nous n'allons pas coucher sur la jetée, je suppose. Que monsieur Théodore Spindler m'exècre trop pour consentir à se faire mon cavalier, soit! Mais vous, Edouard... quoiqu'on vous ait appris sans doute à me détester aussi, vous ne me refuserez pas, je pense, la légère faveur que je sollicite de vous?

« En parlant de la sorte, Marianne avait marché vers Edouard. Il recula vivement.

« — Hein! reprit l'écuyère en se mordant les lèvres, décidément je vous fais donc peur tant que cela, Edouard? Décidément, M. Spindler vous a donc si bien dressé, depuis ce matin, que vous êtes capable maintenant même d'une offense envers une femme à laquelle vous disiez hier encore « Je t'aime? »

« En reculant devant Marianne, Édouard s'était rapproché de moi, et sa main avait cherché la mienne : sa main tremblait... il était pâle... mais, sur son visage, dont mon regard ne s'était point détaché une seconde, pendant l'étrange *speech* de Marianne, je lisais la colère et la honte. Aux derniers mots de l'écuyère, cette honte et cette colère avaient atteint leur paroxysme.

« — Madame, fit-il d'un ton sourd, mais ferme, je suis fort surpris, en effet, — vous l'avez dit, — de vous voir ici; mais ce qui me surprend davantage, c'est qu'en voyant, vous, de quelle manière je vous accueille, vous n'ayez pas assez de cœur pour comprendre que cette persécution a trop duré déjà et qu'elle ne doit pas durer plus longtemps. Je suis venu à Dieppe avec M. Théodore Spindler pour vous fuir; vous me poursuivez à Dieppe. Eh bien! demain, nous chercherons, M. Théodore Spindler et moi un autre pays où vous ne puissiez nous rejoindre. En attendant, je vous prie, et, au besoin, je vous ordonne de me laisser. Faut-il, pour vous convaincre que j'ai cessé de vous aimer, que je suis las de vous, que je vous le dise en face? Eh bien! je vous le dis en face : « je ne vous aime plus, je suis las de vous! » N'essayez donc pas de m'avilir davantage aux yeux d'un homme honorable, en faisant parade de votre pouvoir sur moi! M. Théodore Spindler ne m'a pas *dressé*, c'est moi qui me suis révolté enfin contre ce pouvoir qui me pesait! C'est moi qui, sans qu'on ait besoin de me dicter mes paroles, vous répète à cette heure que je ne veux plus être votre amant, que je ne le suis plus, que je ne le serai plus! Et sur ce, partez, Marianne, éloignez-vous, croyez-moi! Ou, par Dieu qui m'entend, tenez, si, c'est ma vie qu'il vous faut après m'avoir perdu si longtemps l'esprit et le cœur, je me précipite devant vous, du haut de cette jetée, dans les flots!

« Il y avait une telle résolution dans l'accent d'Edouard, en proférant cette menace, que, pour l'empêcher de commettre quelque acte de folie, je m'étais aussitôt empressé de le saisir par le bras. Marianne elle-même n'avait pu retenir un mouvement d'effroi. Un silence suivit. Marianne hésitait, vraisemblablement, à prendre un parti; il lui répugnait, surtout à cause de moi, de se reconnaître si vite vaincue; elle attendait, elle espérait peut-être qu'un regard, un signe de son amant, allaient lui permettre de rengager le combat avec des chances de réussite pour elle. Mais Edouard ne broncha pas; son regard tourné vers l'Océan demeura fixe et sombre. Marianne, qui se tenait la tête inclinée, dans l'attitude d'un chat qui guette une souris, se redressa tout à coup.

« — Il suffit! dit-elle, en abaissant, en même temps, par un geste de rage, son voile sur son visage, mon désir, veuillez en être bien persuadé, monsieur Edouard Mansion, n'a jamais été de vous garder de force pour amant, encore moins de vous exposer en haine de ma personne à terminer d'une façon tragique une existence si précieuse au monde. Vous me chassez, je pars, et ne craignez point que l'envie me reprenne de vous *poursuivre* encore : c'est aujourd'hui la dernière fois que je vous parle, je vous le jure. Adieu... Et, faisant volte-face, Marianne s'éloigna brusquement et disparut bientôt dans l'ombre naissante.

« — Etes-vous content de moi, Théodore? fit Edouard.

« — Très-content; moins l'idée, pourtant, de vous jeter à la mer pour échapper à cette dame! Une idée un peu exagérée, et que vous n'aviez pas, j'aime à le croire, l'intention sérieuse de mettre à exécution?

« — Eh! mon cher, on ne sait pas! J'étais si outré quand j'ai aperçu Marianne! Enfin, vous voyez bien que cette idée a eu du succès, puisque Marianne est partie.

« — Partie! Il s'agirait, à présent, de savoir si elle partira, en effet.

« — Et que voudriez-vous qu'elle fît à Dieppe, à présent?

« — Je l'ignore... seulement, mon avis, si elle n'a pas quitté, ce soir même, l'hôtel des *Armes de France*, est de chercher, pour nous, un gîte ailleurs... et, si elle n'a pas quitté Dieppe dans huit jours, de nous rendre dans huit jours au Havre, à Trouville ou à Etretat.

« — Soit! Allons au bout du monde, s'il est nécessaire, plutôt que de risquer de nous rencontrer encore avec Marianne, je ne demande pas mieux, moi!... Oh! c'est que je n'ai pas envie de retomber sous ses griffes; ah! mais non! Nous relancer jusqu'ici, c'est trop fort!

« — Mais comment a-t-elle pu découvrir que nous venions à Dieppe? voilà ce qui me passe!

« — Et moi donc?... Mais quand je vous disais qu'elle avait des soupçons lorsque je l'ai quittée hier au soir!...

« — Des soupçons, des soupçons! Il a fallu qu'elle eût mieux que des soupçons... qu'elle eût des certitudes.

« — C'est possible... Elle m'aura fait suivre dans la journée... elle m'aura suivi elle-même peut-être, et, — à Paris, avec de l'argent, on fait tout ce qu'on veut, — et cette lettre, que je vous ai envoyée, elle l'aura lue avant vous.

« — Hum!... Quoique je n'aie pas une confiance absolue dans la discrétion des commissionnaires, j'avoue, néanmoins, que cette corruption d'Auvergnat me paraît assez difficile à admettre.

« — Enfin, de quelque façon qu'elle y soit parvenue, ce qu'il y a de certain, c'est que cela ne lui a guère profité, n'est-ce pas? Allons-nous à notre hôtel pour nous assurer qu'elle en est sortie?

« — Laissons-lui au moins le temps d'en sortir.

« — Vous avez raison; il est neuf heures, promenons-nous jusqu'à dix.

« A dix heures nous rentrions à notre hôtel. Le maître de l'établissement était, justement, sur le seuil de sa porte; nous le primes à l'écart.

« — N'avez-vous pas ici une dame... arrivée de ce matin par le même convoi que nous? lui dis-je.

« — Madame Marianne Philippeaux, peut-être?

« — C'est cela! Ah! elle vous a donné son nom?

« — Pour l'inscrire sur mon registre, sans doute. C'est la règle dans les maisons bien tenues... et je prierai même ces messieurs, pendant que je les tiens...

« — Oui, oui, nous ne demandons pas mieux que de nous soumettre à la règle. Mais cette dame... Marianne Philippeaux... nous la connaissons un peu... et...

« — Et ces messieurs désireraient lui parler? En ce cas, ces messieurs seront obligés de se rendre à l'hôtel d'*Angleterre*, car, depuis une heure, cette dame ne loge plus ici.

« — Comment?...

« — Oui, je ne sais quelle lubie lui a pris! Elle avait passé toute la journée dans sa chambre... où elle s'était fait servir à déjeuner et à dîner... et, en sortant, dans la soirée, elle paraissait de fort gracieuse humeur. Tout à l'heure, elle revient la mine bouleversée, et elle me dit d'un ton sec: « Donnez-moi ma note tout de suite, monsieur, « et ayez la bonté de faire porter mes malles à l'hôtel « d'*Angleterre*. » Comme il n'est pas dans mes habitudes de retenir les clients malgré eux, Dieu merci! je me suis empressé de me soumettre aux ordres de cette dame. Seulement, si ces messieurs la connaissent, je leur serais obligé de lui demander pourquoi...

« — Oh! nous ne la connaissons que de vue... nous ne lui parlons pas.

« — Ah!... pardon!... je croyais...

« — Nous ne vous en remercions pas moins de vos renseignements.

« — Il n'y a pas de quoi, messieurs. Et ces messieurs ne se trouvent pas mal, j'espère, eux, dans ma maison?

« — Au contraire! fit Edouard, — dont le visage était devenu rayonnant pendant cette conversation, — aussi comptons-nous rester longtemps vos pensionnaires, cher monsieur.

« — A la bonne heure! Alors si cela n'ennuie pas ces messieurs pendant que je les tiens.

« Le propriétaire des *Armes de France*, qui *tenait* décidément à nous *tenir*, était allé chercher son fameux registre pour y inscrire nos noms, suivant l'usage en vigueur dans les maisons bien *tenues*.

« — Eh bien! s'écria Edouard, vous le voyez, mon ami, la victoire est à nous! Oh! le fait de sa retraite subite de cette maison est significatif, Marianne va passer la nuit à l'hôtel d'*Angleterre;* demain matin elle se remettra en route pour Paris, et adieu! Quand je reviendrai, à mon tour, dans quinze jours, à Paris, mon démon se sera envolé en Angleterre. Théodore, mon cher Théodore, je suis sauvé, complétement sauvé! Oh! pourquoi ma Pauline n'est-elle pas là! je l'embrasserais avec tant de bonheur en ce moment, ma chère Pauline! Mon amour de petite Pauline!...

« Je souriais aux transports de joie d'Edouard; car sa joie, cette fois, me paraissait sincère. Et pourtant, je ne sais quoi encore me disait tout bas qu'il avait tort de chanter, si vite et si haut, victoire.

« Huit jours s'étaient écoulés depuis la fameuse scène de la jetée, et, d'après la conduite de mon compagnon, ces huit jours durant, je commençais à croire qu'il n'y avait plus de rechute à redouter. Il n'est pas nécessaire d'être un grand philosophe pour savoir que c'est en fatiguant le corps qu'on distrait l'esprit. Partant de ce principe, j'avais soin de ne jamais laisser Edouard inactif, et je dois dire qu'il se prêtait de la meilleure grâce à mes intentions. C'était, chaque jour, des excursions nouvelle soit en mer, soit à cheval, aux petits ports ou aux villages environnants. Partis, souvent, avant le lever du soleil, il nous arrivait parfois de ne rentrer à notre hôtel qu'à la nuit. A ce compte, Marianne fût-elle restée à Dieppe, ce qui ne me semblait guère probable, dans l'espoir de se rencontrer avec son amant, elle en eût été, on le voit, pour son temps et ses espérances perdus. Au reste, depuis huit jours le nom de l'écuyère n'avait pas été prononcé une seule fois entre nous. En revanche, je parlais à chaque instant de Louise à Edouard et il me répondait Pauline. Une manière de conversation qui ne pouvait avoir, pour lui surtout, que les meilleurs résultats. Sans que je l'y invitasse, aussi, lorsque j'avais écrit à ma future, Edouard avait écrit à sa maîtresse, et ses lettres, qu'il voulait absolument me lire, respiraient, depuis la première ligne jusqu'à la dernière, la tendresse et le repentir.

« Vers la fin de notre première semaine de séjour à Dieppe, nous projetâmes une visite au château d'Eu, situé à peu de distance du village de ce nom, sur la route du Tréport, et, pour ce petit voyage, nous arrêtâmes une sorte de véhicule, moitié cabriolet, moitié char-à-bancs, avec ordre de venir nous prendre le lendemain, à notre hôtel, à six heures du matin. A cinq heures et demie, j'étais sur pied. J'allai frapper à la porte d'Edouard pour le réveiller. Contre son ordinaire, d'abord, en pareil cas, Edouard demeura assez longtemps sourd à mon appel; quand il m'ouvrit enfin, je lui trouvai une contenance si rechignée que je ne pus m'empêcher de lui en faire la remarque.

« — Qu'est-ce donc? lui dis-je, tandis qu'il se refourrait dans son lit en ramenant la couverture sur son nez, vous avez l'air d'un créancier surpris par son débiteur! La voiture est en bas, vous savez?

« — Ah! la voiture est en bas? répéta Edouard d'un ton indécis. Alors, cela vous amuse beaucoup d'aller aujourd'hui à Eu, Théodore?

« — Cela m'amuse. Je ne vous garantis pas que je donnerais dix ans de ma vie en échange de ce voyage, mais, puisqu'il était convenu que nous irions à Eu aujourd'hui, je ne vois pas pourquoi...

« — Sans doute, sans doute! c'était convenu... oh! je ne le nie pas! mais c'est que...

« — C'est que?

« — C'est que j'ai passé une très-mauvaise nuit, mon ami. Je ne suis pas absolument malade, cependant j'éprouve une telle lassitude dans tous les membres! Nous avons énormément marché hier, Théodore!

« — Enormément! Pas plus que les autres jours, je crois.

« — Si fait! si fait! plus que les autres jours. Nous sommes allés à pied à Arques, hier, puis de là...

« — Bref, vous n'avez pas envie de sortir aujourd'hui, voilà le fin mot.

« — Eh bien! franchement, non, mon ami. Je ne suis pas de fer non plus, moi, et cette vie que nous menons depuis quelque temps, toujours à trotter, toujours à courir, toujours en canot au grand soleil, m'éreinte!

« — Soit! Je vais donc renvoyer la voiture.

« — Vous ne m'en voulez pas, au moins, Théodore? Mais je ne plaisante pas, j'ai si mal dormi cette nuit. Oh! j'ai un peu de fièvre, j'en suis sûr!

« — Il faudrait demander un médecin.

« — Un médecin! Inutile! Je me connais; ce qu'il me faut, c'est du repos tout bonnement. Je resterai couché une partie de la journée, et ce soir, à dîner, je serai aussi solide et aussi frais que vous! Soyez tranquille.

« — Très-bien! Bonne chance.

« Je me retirais.

« — Cependant, fit encore Edouard, si cela vous était par trop désagréable de renoncer à cette partie, mon ami...

« — Désagréable! allons donc! Vous êtes indisposé, vous avez besoin de repos, prenez du repos. Nous avons tout le temps, d'ailleurs, d'aller à Eu.

« — N'est-ce pas? nous avons tout le temps. Alors, au revoir, mon ami. Je vous serai obligé de dire aux garçons d'hôtel de ne pas me déranger.

« — Je n'y manquerai pas.

« — A tantôt. Oh! sur les quatre heures, il n'y paraîtra plus!

« — Tant mieux.

« J'étais rentré dans ma chambre tout soucieux. Certes, il n'y avait rien de bien extraordinaire à ce qu'Édouard fût indisposé, et pourtant, en commentant le fait de cette indisposition si prompte à se déclarer, et qui, suivant lui, ne devait pas être moins prompte à se terminer, je sentais fermenter en moi un vieux levain de défiance. Après tout, me dis-je, las de chercher à quoi cela pourrait servir à Édouard de demeurer dans sa chambre une partie de la journée, après tout, nous verrons bien! Et, pour voir, en effet, s'il y avait lieu, je résolus de me comporter absolument comme si je ne soupçonnais rien. Notre automédon congédié, j'étais allé lire les journaux dans un café voisin. A onze heures, en rentrant à l'hôtel, je m'informai près du garçon qui nous servait si mon compagnon était levé.

« — Pas encore, monsieur, me répondit-il.

« — Et il ne vous a pas sonné?

« — Pardonnez-moi, monsieur, pour me demander une tasse de thé. Même que, lorsque je lui ai monté ce qu'il désirait, ce monsieur m'a bien recommandé de faire le moins de bruit possible sur le carré, parce qu'il paraîtrait qu'il est un peu souffrant.

« — Je vous remercie. »

« J'ai dit que mon jeu était de laisser, en apparence, toute liberté à Édouard afin de pouvoir mieux le surprendre, en cas où son indisposition eût caché quelque ruse. A cet effet, vers les midi, après déjeuner, je sortis de nouveau, ostensiblement, de l'hôtel, et pris le chemin de la plage. S'il me guette à travers sa persienne, pensais-je en m'éloignant, à coup sûr il doit être bien persuadé que me voilà tranquillement parti au moins pour trois ou quatre heures! Qu'il se fonde là-dessus, et je lui prouverai bientôt que je ne suis pas sa dupe. En définitive, on m'eût demandé, à ce moment, de quelle nature étaient mes soupçons, mes craintes, qu'il m'eût été assez difficile de donner une réponse catégorique! Ce qu'il y a de certain, c'est que j'avais deviné que la journée ne s'écoulerait pas sans quelque événement, et que je ne m'étais point trompé, comme vous allez le voir. Ce qu'il y a de certain encore, c'est que, tout extraordinaire que je supposasse, d'instinct, cet événement, il était impossible, pourtant, à mon imagination, de rien concevoir de plus étrange que ce que la réalité me ménageait. Il y avait beaucoup de promeneurs sur la plage; parmi ces promeneurs quelques figures de ma connaissance; entre autres un peintre nommé Victor Bontou, un assez aimable garçon, affligé d'une vingtaine de mille livres de rentes, et qui, pour cette raison, avait le droit de faire de la peinture plutôt pour son agrément que pour l'agrément du public. Je m'étais contenté d'échanger quelques mots de politesse avec Victor Bontou, d'ailleurs fort occupé de causer avec un grand jeune homme qui m'était étranger. Il y avait déjà près d'une heure que j'avais quitté l'hôtel, et je ne voulais pas tarder davantage à aller voir ce que devenait mon malade. Je m'en retournais donc, lorsque, soudain, à une cinquantaine de pas environ devant moi, et venant dans ma direction, du côté du quai, j'aperçus une femme à l'aspect de laquelle je ne pus comprimer un mouvement semblable à celui qui doit vous échapper quand, par mégarde, on a failli marcher sur une vipère. Vous avez deviné quelle était cette femme, je pense? Ma première idée, pour éviter de passer près de Marianne, avait été de rebrousser chemin. D'un autre côté, me sentant rassuré, sur certaines inquiétudes vagues, par sa présence même au dehors, je m'étais dit qu'il serait puéril à moi de paraître reculer devant cette créature. Je continuai donc de marcher; seulement, lorsque je ne me trouvai plus qu'à cinq ou six pas de l'écuyère, je pris sur la droite, la laissant à gauche et je détournai la tête. Mais ce n'était point l'affaire de Marianne de me laisser échapper. Devinant ma tactique, elle l'imita, de sorte qu'à un moment donné nous nous rencontrâmes de face. Elle avait aux lèvres un sourire d'une raillerie tellement impertinente, lorsque mon regard se croisa forcément avec le sien, que, malgré moi encore, je fronçai le sourcil.

« — Pardon, monsieur, fit-elle, je regrette de vous être désagréable, peut être, en vous interrompant dans votre promenade, cependant comme c'est pour vous, pour vous seul que je suis venue en cet endroit, après vous avoir vu passer tout à l'heure sous ma fenêtre, je vous serais infiniment reconnaissante de vouloir bien m'écouter. Je m'inclinai légèrement.

« — Que me voulez-vous, madame? répliquai-je.

« — Ce que je vous veux, monsieur, reprit Marianne, vous dire d'abord ceci : que je vous hais, parce que j'attribue à votre influence l'abandon d'Édouard.

« — Après, madame?

« — Après? C'est juste, la haine d'une femme telle que moi vous effraie peu, n'est-ce pas? Passons donc à quelque chose qui vous touchera sans doute davantage : Monsieur Théodore Spindler, j'aime toujours Édouard Mansion, je l'aime plus que jamais! Malgré vous, vous entendez, malgré vous et malgré toutes les Pauline du monde, cette journée ne se passera pas sans qu'Édouard Mansion soit redevenu mon amant! Vous voilà prévenu! J'espère que je suis une ennemie généreuse; j'avertis mes adversaires avant de les frapper! Maintenant, je vous salue bien, monsieur Théodore Spindler. »

« En prononçant ces derniers mots : « je vous salue bien, monsieur Théodore Spindler, » Marianne, tournant brusquement sur elle même, avait repris le chemin du quai. Et, stupéfié par tant d'audace et d'impudence, je la suivais d'un œil hagard, désireux de courir après elle pour la retenir, car, sans doute, elle allait rejoindre Édouard, et incapable, cependant, de faire un pas! J'étais là, immobile...

« — Eh bien! mon pauvre Théodore, fit tout à coup une voix vibrante à mon oreille, tandis qu'une main se posait doucement sur mon épaule. Eh bien! nous sommes donc en brouille avec notre amoureuse? Oh! nous avons assisté de loin à la scène et elle a dû être un peu roide, à en juger par l'animation de Marianne! Ce cher Théodore! En vérité, regardez-le donc, Lucien, le voilà troublé comme s'il venait de rompre avec une vieille maîtresse! Mais, il n'est pas possible, mon bon Théodore, vous n'aimez pas à ce point Marianne Philippeaux ou vous êtes fou, fou à lier, et, en ce cas, c'est un service à vous rendre que de vous guérir de cet amour!

« Celui qui me parlait en ces termes, c'était Victor Bontou; près de lui se tenait, me considérant, comme Victor, dans une sorte d'étonnement comique, ce grand jeune homme avec lequel je l'avais aperçu quelques minutes auparavant.

« — Voyons, reprit Victor en passant son bras sous le mien, qu'y a-t-il? contez-moi cela. Et d'abord, vous êtes donc l'amant de Marianne Philippeaux? Je la croyais avec Édouard Mansion, le compositeur.

« — Marianne n'a jamais été ma maîtresse et elle n'est plus celle d'Édouard Mansion.

« — A la bonne heure! Je voulais aussi vous parler de cela tout à l'heure, et, puisque l'occasion s'en présente, je la saisis aux cheveux. Si vous connaissez Édouard Mansion, Théodore...

« — Si je connais Édouard Mansion ! Mais je suis son meilleur ami.

« — Bah ! raison de plus pour que vous le félicitiez, s'il a réellement rompu avec Marianne, et pour qu'à tout prix vous lui fassiez entendre raison, si, au contraire, il songe jamais à se remettre avec cette fille !

« Mon cœur battait en écoutant Victor Bontou.

« — Et pourquoi faudrait-il à tout prix lui faire entendre raison, s'il songeait à se remettre avec cette fille? m'écriai-je en regardant mon interlocuteur en face. Parce qu'elle l'empêcherait encore de travailler, n'est-ce pas?

« — Oh ! si ce n'était que cela ! on a toujours le temps de travailler !

« — Parce qu'elle lui a déjà trop coûté d'argent?

« — Ce n'est pas cela non plus. D'ailleurs, de la façon dont Marianne s'y prend quand elle a besoin d'argent, n'est-il pas vrai, Lucien? elle ne doit pas revenir cher à son amant de cœur.

« — Que voulez-vous dire?

« — Je veux dire, eh ! parbleu ! d'où sortez-vous, Théodore, pour ignorer ce que tout le monde sait? Je veux dire que, depuis un an à peu près, qu'elle est la maîtresse d'Édouard Mansion, Marianne ne se gêne guère pour le tromper quand elle y trouve son intérêt.

« Je saisis Victor Bontou par les deux bras avec une telle impétuosité, qu'il trébucha.

« — Vous êtes certain de ce que vous dites là, Victor? m'écriai-je. Vous pourriez me citer ici, à l'instant même, le nom d'un de ceux avec lesquels Marianne a trompé Édouard Mansion?

« — Je pourrais vous citer, non pas un nom, mais dix noms, mon cher ! Et, sans aller bien loin, tenez, celui de mon ami Lucien Chastel, ici présent, qui recevait, il n'y a pas encore quinze jours, un matin, certaine visite de Marianne, laquelle visite lui coûtait bel et bien cent louis ! Ah ! quand vous me ferez des signes avec vos yeux pour que je me taise, Lucien, je suis lancé, moi, tant pis ! je ne m'arrête plus ! C'est vrai, cela; je n'ai jamais eu l'honneur de me rencontrer avec M. Édouard Mansion, mais c'est un homme de talent, et, dit on aussi, un homme d'esprit, et il me déplaît, à la fin, de le voir s'acoquiner à une femme qui n'est pas digne de lui brosser son chapeau ! Après tout, si les femmes galantes s'entendent entre elles pour former une ligue offensive contre nous, pourquoi ne nous entendrions-nous pas à notre tour pour nous défendre, à l'occasion, contre elles? Et puis, qu'est-ce que ce genre, je vous prie? Arrivés hier à Dieppe, nous rencontrons mademoiselle Marianne Philippeaux au théâtre, et elle ne daigne même pas nous répondre quand nous la saluons ! Moi, cela serait excusable encore. Je l'ai connue, il y a six ans, lorsqu'elle était piqueuse de bottines, elle est donc en droit de me détester. Mais, avec Lucien Chastel, un de ses banquiers morganatiques, c'est trop d'aplomb, de la part de cette demoiselle, de jouer à la grande dame ! Oui, mon cher Théodore, mille fois oui, quand vous verrez votre ami Édouard Mansion, vous pourrez lui apprendre que mademoiselle Marianne Philippeaux est une drôlesse qui se moque de lui ! Et, au besoin, si Lucien Chastel se refusait, par excès de bonté, de délicatesse envers Marianne, à vous aider à dépêtrer votre ami des liens de cette sirène, je suis là, moi, pour témoigner, non-seulement de la dernière affaire des cent louis, mais encore de dix autres facéties du même genre, toutes aussi édifiantes les unes que les autres.

« Victor Bontou eût parlé longtemps encore, sans doute, mais je ne l'écoutais plus; je venais de concevoir un projet, et, ce projet, je n'avais plus qu'une pensée, celle de le mettre immédiatement à exécution.

« — Victor, dis-je au peintre d'une voix grave, je prends acte de votre proposition. Ainsi, si je vous le demandais devant Marianne?...

« — Eh ! devant Édouard Mansion lui-même, devant le diable, je suis prêt à soutenir, preuves sur table, tout ce que j'ai avancé ! Et Lucien Chastel se mettra avec moi, s'il le faut; j'en fais mon affaire !

« Lucien Chastel balbutia quelques mots inintelligibles. Depuis le commencement de cette scène, il était évident pour moi que Lucien Chastel trouvait que son ami s'engageait un peu trop vigoureusement peut-être dans une lutte ouverte avec Marianne Philippeaux. Mais l'opinion de Lucien Chastel, en cette circonstance, m'importait peu.

« — A quel hôtel habitez-vous? dis-je à Victor Bontou.

« — A l'hôtel de Londres.

« — Très-bien. Pardonnez-moi de vous quitter si vite. Nous nous reverrons. Je vous remercie de tous les précieux renseignements que vous venez de me donner. A bientôt !

« Et, ayant salué les deux hommes, je m'éloignai en courant. Dix minutes après, j'entrais à l'hôtel d'Angleterre.

« — Madame Marianne Philippeaux? demandai-je à un garçon.

« — Au second étage, numéro 17.

« Je gravis quatre à quatre l'escalier et frappai à la porte de l'appartement de Marianne; car c'était un véritable appartement qu'occupait Marianne à l'hôtel d'Angleterre, composé de trois pièces : une sorte d'antichambre, un petit salon et une chambre à coucher. Il se passa une bonne minute avant qu'on m'ouvrît. Enfin, on s'y décida.

« — Ah ! c'est vous, monsieur Spindler, fit l'écuyère en m'apercevant. Et qu'est-ce qui me procure le plaisir de votre visite, s'il vous plaît?

« Elle parlait sur un ton très-haut, et, en parlant, elle avait encore aux lèvres ce sourire insolent avec lequel elle m'avait abordé, une demi-heure auparavant, sur la plage.

« — Madame, lui dis-je, très-calme, je désirerais avoir avec vous cinq minutes d'entretien.

« — Ah ! j'y suis. Au sujet de ce que je vous ai dit tout à l'heure, n'est-ce pas?

« — Justement.

« — Eh bien, prenez donc la peine de vous asseoir, monsieur. Je suis tout à vous.

« Nous étions dans le petit salon.

« — Madame, dis-je, sans obéir à l'invitation de Marianne, qui s'était assise et me montrait une chaise en face d'elle, je vous ai demandé cinq minutes, deux me suffiront, je crois.

« — Je le regrette, monsieur. Il est toujours agréable de causer avec un homme d'esprit.

« — Vous m'avez dit tout à l'heure que cette journée ne se passerait pas sans que vous eussiez reconquis votre pouvoir sur Édouard Mansion.

« — Il est vrai, monsieur, je vous ai dit cela.

« — Ce qui signifie, si j'ai bien compris, qu'après avoir manœuvré, depuis plusieurs jours, dans ce but, vous avez réussi enfin, j'ignore comment et je ne me soucie point de le savoir, à obtenir d'Édouard qu'il se rapprocherait de vous?

« — Il est possible, monsieur.

« — Si bien qu'en ce moment même, en ce moment où je vous parle, vous attendez peut-être l'effet de la nouvelle faiblesse d'Édouard?

« — Il est encore possible.

« — Et que vous ne seriez pas fâchée, avouez-le, que le rendez-vous, auquel il a promis de se rendre, coïncidât avec ma visite, afin de pouvoir vous réjouir, en même temps, de votre succès, et de la honte et du désespoir que j'éprouverais en voyant un homme que j'aime redevenir votre esclave, au mépris de mes exhortations et de ses serments?

« — Tout ceci est admirablement raisonné, monsieur, admirablement! quoique, à tout prendre, ayant été averti par moi de la moitié des choses, vous n'ayez pas eu besoin de faire grands frais d'intelligence pour deviner le reste. Oui, monsieur Théodore Spindler, oui, j'attends Edouard Mansion chez moi en ce moment, et ce n'est pas vous, je vous le jure, qui l'empêcherez de venir à ce rendez-vous.

« Je haussai les épaules.

« — Vous vous trompez, madame, répliquai-je, je l'en empêcherai.

« Marianne partit d'un grand éclat de rire.

« — Ah! ah! ah! Vraiment! fit-elle; eh bien! je serais curieuse de savoir comment vous vous y prendrez.

« — Tout simplement, en vous ordonnant d'écrire à Edouard que vous renoncez décidément à lui.

« — Hein? en m'ordonnant!

« Marianne s'était levée, elle ne riait plus. Cependant elle affectait encore de me considérer avec un dédain ironique.

« — Oui, madame, répétai-je, en vous ordonnant, et vous obéirez! Oh! vous obéirez! à moins que vous ne préfériez que j'aille chercher M. Lucien Chastel, vous savez, M. Lucien Chastel, qui a déjeuné, il y a quinze jours, avec vous? afin qu'il dise, lui, en son nom, et au nom de bien d'autres, à Edouard Mansion, quel cas on doit faire de votre amour et de votre fidélité. Au nom de Lucien Chastel, Marianne était devenue livide: les mains étendues en avant comme pour comprimer les paroles dans ma gorge, les yeux démesurément ouverts, tout le corps agité d'un tremblement convulsif, elle voulait parler, crier, s'élancer, et elle demeurait muette et clouée en place, horrible, effrayante à voir. —Allons, madame, repris-je, vous voilà convaincue, n'est-ce pas, que je possède un moyen, et un moyen terrible, de délier à tout jamais Edouard de vos obsessions, de sa folie. Evitez-moi d'employer ce moyen qui me répugne. Ecrivez à Edouard, écrivez-lui, sans tarder, tout ce qu'il vous plaira : que vous ne l'aimez plus, que vous en aimez un autre. Dites-lui...»

« Le bruit d'une porte, s'ouvrant derrière moi, m'interrompit. Je me retournai vivement, et je poussai une exclamation de surprise, presque de terreur. Je venais d'apercevoir Edouard! Edouard, qui avait tout entendu de la chambre à coucher de Marianne, où il était caché. Marianne s'était prise dans ses propres filets. Cette scène, qu'elle avait préparée avec un dénouement tout à son avantage, avait tourné contre elle. Et il avait suffi d'un mot, d'un nom seulement pour opérer cette péripétie: le nom de Lucien Chastel. Edouard était pâle aussi, mais de cette pâleur que causent la honte et le dégoût.

« — Venez, mon ami, venez, me dit-il en me tendant la main.

« Marianne était tombée sans connaissance sur le quet. C'était ce qu'elle avait de mieux à faire.»

Spindler s'était levé :

—Mon récit se termine maintenant en quelques mots, mon cher ami, reprit-il. Le lendemain de ce que je viens de vous dire, nous quittions Dieppe, Edouard et moi. Edouard n'avait plus besoin de distraction pour oublier une passion fatale. Cette passion était morte. Ce que n'avaient pu faire, en un an, les larmes d'une maîtresse aimable, les reproches d'un père, les conseils de l'amitié, l'orgueil de l'homme, son amour outragé, l'avaient fait en une seconde. Trois semaines après son retour à Paris, Edouard Mansion épousait Pauline Didier. Il m'avait pris, tout naturellement, pour un de ses témoins le jour de son mariage. Un mois plus tard il allait me rendre le même service à Provins, où je le présentai, ainsi que sa femme, à ma nouvelle famille.

— Et le tapis laine et soie, votre Louise l'avait-elle achevé?

— Je le crois bien!

— Et votre tableau?

— Ah! mon tableau n'était pas fini, sans doute; mais Louise me pardonna lorsque, devenue ma femme, je lui contai, comme quoi, au lieu de peindre, je m'étais occupé de racheter à l'amour pur, honnête, une âme égarée.

— Et Marianne Philippeaux? Tout ceci ne m'explique pas pourquoi elle est maintenant avec Lucien Chastel.

—Ah! vous n'avez pas deviné encore? Ecoutez : Dans la semaine qui suivit ma dernière entrevue avec Marianne Philippeaux, je reçus, un soir, un billet, sans signature, ainsi conçu : « On vous pardonne. Vous n'avez agi que « par intérêt pour *lui*. Mais le misérable qui vous a tout « révélé, sans autre dessein que celui de nuire, sera puni. « Souvenez-vous, et jugez de ce que peut la haine d'une « femme.»

— Eh bien? C'était Marianne Philippeaux qui vous avait écrit ce billet, sans doute; mais de quel misérable parlait-elle? Celui qui vous avait tout révélé, n'est-ce pas le peintre Victor Bontou?

— Il est vrai. Mais Marianne l'ignorait, et, dans son ignorance, elle s'en prit à Lucien Chastel, et vous avez vu, ce soir, de vos propres yeux vu, *ce que peut la haine d'une femme* de l'espèce de Marianne Philippeaux! Marianne a juré non-seulement la ruine de Lucien Chastel, mais sa mort. Ce serment date de deux ans et demi à peine. Aujourd'hui, Lucien Chastel, qui était riche, ne possède plus que quelques bribes de sa fortune. Avant six mois il sera mort. Ce n'est point, pourtant, que les leçons, les conseils lui aient manqué, non plus, à celui-là! Mais il n'avait pas, comme Edouard Mansion, un bon ange pour l'arracher des griffes du démon! Et quel démon! Le *démon de l'alcôve!* Dieu nous garde des séductions de ce démon-là, mon ami! C'est le *démon de l'alcôve* qui tue, chaque jour, tant de nos écrivains les plus aimés, de nos capitaines les plus braves, de nos artistes les plus aimables! De tout temps, d'ailleurs, ce maudit a exercé ses ravages sur terre, et, sans remonter bien haut, il serait facile de prouver qu'il n'a même pas respecté les âmes royales. Encore une fois, mon ami, Dieu nous garde, nous, nos fils et nos petits-fils, du *démon de l'alcôve!* Amen.

— Dessoye Cadot Éditeur 7 bis rue Bernard — 2042. — Imp. Ch. Noblet rue Soufflot

www.ingramcontent.com/pod-product-compliance
Ingram Content Group UK Ltd.
Pitfield, Milton Keynes, MK11 3LW, UK
UKHW021520260726
13993UKWH00004B/1786